少年時代

深水黎一郎

ハルキ文庫

角川春樹事務所

目次

天の川の預かりもの

僕の子供部屋の押し入れの中、天井の羽目板《はめいた》を外すと、そこには天の川が光っている。

1

チンドン屋のあとをついて歩いていた。僕だけではなく、大勢の子供たちが一緒にあとをつけていた。僕等のあいだでは、町のどこかでチンドン屋の姿を見つけたら、その時どこで何をしていようとも——鬼ごっこだろうがメンコだろうがベーゴマだろうがドッジボールだろうが三角ベースの野球だろうが——すぐに中断してあとを追いかけるのが常だった。それはあらゆるものに優先する最高の遊びであり、もちろんいつも途中で追い払われてしまうのだが、それでもできるだけ遠くまでついて行った子供は、それからしばらくの間、みんなから一目置かれるのだった。

この日のチンドン屋は三人組だった。中年の男と若い男、そして女の人の三人だった。

中年の男は顔を白く塗り、時代劇の侍のようなカツラをかぶって和服の着流しを着ていた。おなかの前に木の枠を抱えていて、その枠の中には大きな太鼓《たいこ》と小さな太鼓が二つ縦に並んでいた。枠の上には鉦《かね》のようなものも乗っていた。

一方女の人は、派手な着物を着て髪は日本髪に結っていた。大きな髪飾りもつけていた。

顔はやはり真っ白く塗っていたが、唇だけは紅《あか》かった。中年の男が鉦や太鼓を叩《たた》いて、女の人が縦笛を吹いた。人が集まって来ると女の人は笛を帯に挟んでビラを配った。女の人は僕たちにはビラをくれなかったが、僕たちはビラには何の興味もなかったから、残念には思わなかった。

中年の男や女の人は、時々後ろを振り返っては、しっしと手を振って、あとをつけて来る子供たちを追い払おうとした。そこで僕等は彼らが振り向いた時だけ足取りを緩《ゆる》めて、ついていくのをあきらめたような素振りをした。そして彼らが前を向くとまた早足で追いつく。そのタイミングの取り方が難しく、また面白かった。若い男の人は、道中決して振り返らなかった。

中年の男の人の木枠には幟《のぼり》が幾つかついていて、そこから五色の吹き流しが流れていた。てっぺんに旗がはためいていて、そこにはいろんな文字が書かれてあった。〈大安売〉と書かれた旗は何とか読めたが、それ以外の幟の多くは、まだ習っていない漢字で書かれていた。〈新○開店〉という幟もあったが、○のところに入る字は読めなかった。

若い男の人だけが普通の洋服を着ていた。カツラもかぶらず、顔にも白粉《おしろい》を塗っていなかった。灰色の厚手のジャケットに、ジャケットと同じ生地でできているような鳥打帽《とりうちぼう》をかぶってサキソフォンを吹いていた。

若い男のサキソフォンが嚠喨《りゅうりょう》と響きはじめると、太鼓や笛の影はいっぺんに薄くなった。

それがわかっているからか、サキソフォンが鳴っている間は女の人は笛を吹くのを休んで、安心したように首を回したり手首をぶらぶらさせたりしていた。だが中年の男は、影が薄くなろうとも決して休まずに、大小の太鼓や鉦を叩き続けていた。だがそのカキンコキンという鉦の音は、サキソフォンの見事な音色を邪魔しているようにも感じられた。

人がもっと集まってくると、女の人は少し腰をくねらせるようにしながら、しゃなりしゃなりと歩きはじめた。腰をくねらせてはビラをぱしと通行人の手の中に叩き込み、またくねらせてはぱしとやる。その手さばきは鮮やかで、それに合わせて中年男が手を叩くと――中年の男が鉦や太鼓を休むのは、その時だけだった――道端《みちばた》の大人の男たちも、一緒に手を叩いて盛り上がった。

ただそれはあんまり長くは続かなかった。理由はよくわからなかったが、きっと女の人が疲れてしまうからだろうと僕は想像した。女の人のしゃなりとした歩きが終わり、少し盛り下がったムードを救うのは、いつも若い男のサキソフォンの嚠々《りようりよう》たる音色だった。

橋を渡り、道路のガードの下を潜《くぐ》った。楽器の音と子供たちの喊声《かんせい》と車のエンジン音、それに川のせせらぎが交錯した。

陸橋が見えてきた。下は国鉄の線路が通っている。ここまで何とかついて来た強者《つわもの》たちも、いつもここで追い払われてしまう関所のような場所だ。細長い陸橋の上は隠れるところが全然ないので、必ず見つかって睨《にら》まれてしまうのだ。

だがこの日の僕には一つの作戦があった。見つかるまいとして距離を置くのではなく、逆に思い切り近づくのだ。僕は鳥打帽をかぶった若い男の、幅広い背中のすぐ後ろに、ぴったりとくっついた。

2

その作戦はうまく行った。

それからさらにいくつかガードの下を潜り、いくつか橋を渡った。ふと気づくと、あとをつけている子供は僕ひとりになっていた。いつの間にか、サキソフォンも笛も太鼓も止《や》んでいた。他に道を歩いている人は誰《だれ》もおらず、三人組はもう後ろを振り返ることもビラを配ることもせずに、黙って普通に歩き続けていた。

急に怖くなった。作戦は、あまりにも上手《うま》く行きすぎた。周囲の家並みは、まったく知らない町に来てしまったことを示していた。見ると三人組は角を曲がり、狭い小路《こうじ》のなかに入って行く。僕は懸命にそのあとを追った。怒られることはわかっていたが、ここにたったひとり取り残されるのは、それより何倍も怖いことだった。

三人組が入って行ったのは、プレハブでできた小さな建物だった。引き戸式のドアのところには、〈アダチ広告社〉という小さな表札——それは何とか読むことができた——が出ていた。

入り口のガラスに額を押し当てるようにして中を覗《のぞ》くと、室内には大きな衝立《ついたて》があり、衝立のこちら側には大きなヤカンや湯呑《ゆのみ》の置かれた長いテーブルがあった。テーブルの端《はし》にはさっきまで大人たちが持っていた大小の太鼓が収まった木枠やサキソフォンなどが、無造作に置かれていた。テーブルの真ん中に中年の男がどっかと座り、ヤカンからお茶を注《つ》いで飲んでいた。パイプでできた椅子《いす》に座って向かい合っているのは、さっきはどこにもいなかった背の低い男の人だった。

女の人が衝立の奥から出て来て、背の低い男の隣に座ると、手鏡片手に白塗《しろぬ》りの化粧を直しはじめた。

その女の人とガラス越しに目が合った。女の人は細く描《か》いた眉《まゆ》を顰《ひそ》めた。

「ちょいと、みんな追い払ったと思っていたのに、まだひとり残っていたよ。この子、一体どうやって跟《つ》いて来たんだろ」

僕は泣きたい気分になった。こっぴどく怒られることを覚悟した。

だがその時、女の人はニコッと微笑《ほほえ》み、僕に向かってこっちにおいでと手招きした。だが僕は、本当に中に入っていいものかどうか、迷いながら立っていた。

背の低い男の人が立ち上がって、入り口のところにゆっくりと歩いてきた。その男は少し足をひきずっていた。

「まちがいねえ。隣町のガキだ」

僕の顔を見てそう言いながら、がらがらとガラスの引き戸を開けた。

「しかもいっつも最後まで跟いてくるガキの中の一人だ」

その時衝立の向こう側から、鳥打帽をかぶったサキソフォンの男が出てきた。女の人が言った。

「そうだシゲさん。あんたこの子送り届けてあげなよ」

「俺《おれ》がかい？」

シゲさんと呼ばれたサキソフォンの男は、吃驚《びっくり》したように言った。

「だって、あっちの方に戻るのあんただけじゃないか」

「まあそうだけど……」

そう言うとシゲさんは、敷居を跨《また》いで僕の前にしゃがみこむと、鳥打帽の奥の目で僕の顔を凝《じ》っと覗き込んだ。

「しょうがねえなあ。おい坊主《ぼうず》、自分の家の住所くらいは言えるのか」

僕は一歩後ずさりした。

「あ、この子怖がっているよ、シゲさんのこと」

女の人は大笑いして、僕に向かって大丈夫だよと言うように、片目を瞑《つむ》って見せた。

女の人の日本髪はカツラだった。髪飾りごとカツラを取ると、その下から愕《おどろ》くほど豊かな髪が流れ出した。首の後ろの弛《ゆる》んだ肉が黒髪に隠れただけで、女の人は随分と若く、そして綺麗《きれい》に見えた。カツラをしない方がずっと綺麗に見えるのに、どうしていつもカツラを被《かぶ》っているのだろうと子供心に不思議に思った。それにもう仕事は終わったみたいなのに、顔の白塗りをどうして落とさないんだろう——。

「坊主。怖がることはねえから住所を言え」

「怖がらなくていいよ。シゲさん男の子には興味ないから」

女の人がそう言って笑うと、背の低い男もつられてくっくと笑った。

だがその時、それまでテーブルの上に片肘《ひじ》をついて、一言も喋《しゃべ》らずにお茶を啜《すす》っていた中年の男が、突然しわがれた声で言った。

「シゲが興味があるのはババアばっかりだよな」

すると女の人は急に顔を強張《こわば》らせた。背の低い男は不自由な足を引きずりながら、衝立の奥へと消えた。

中年男はそれっきり再び黙り込み、仏頂面《ぶっちょうづら》でお茶を啜り続けている。鳥打帽を目深にかぶったシゲさんは、まるで何も聞こえなかったかのように動かない。子供心にも、今の中年男の一言が場の雰囲気を一変させてしまったのがわかった。

3

シゲさんが今日の日当を貰《もら》うと言うので僕は壁際《かべぎわ》に立って待った。そもそもこれから僕等の町の方へと戻るシゲさんが、ここまで一緒に来たのはそのためらしかった。

日当を計算して渡したのは、足の悪い小男だった。小男は衝立の奥から茶封筒を持って来てシゲさんに手渡しながら、三白眼《さんぱくがん》で僕を睨みつけた。

「おいガキ。これに懲《こ》りて、もう二度と後を跟けたりするんじゃねえぞ」

僕が下を向くと、シゲさんは僕の背中をぽん、と叩きながら大声を出した。

「よ、待たせたな、坊主。行くぞ」

その時女の人が後ろからシゲさんに声をかけた。

「明日の朝、パチンコ屋のビラを取りに行くの忘れないでおくれよ」

「ああ。任せておけ」

シゲさんは軽く振り返って答えた。

「大丈夫？　朝早いよ、七時だよ」

「ああ、大丈夫だよ」

シゲさんは頷《うなず》きながら、入り口の引き戸に手をかけた。

だがその瞬間、奥の方から声が響いた。

「おい、待てこらシゲ！」

声の主は、あの中年男だった。声を荒らげながら立ち上がると、いまだかぶり続けていた頭のカツラのチョンマゲが、鳥の冠毛《かんもう》のように前後に揺れた。

シゲさんは肩を聳《そび》やかして立ち止まり、何も言わないままその場でゆっくりと回転して中年男を見た。

自分が呼び止めたくせに、その様子に中年男は少し怯《おび》えたような表情をした。指先を少し震わせながら、シゲさんが剝《む》き出しで手に持っているサキソフォンを指さした。

「お、お前その楽器、最近鳴りがちょっとおかしいぞ」

「そうかい」

シゲさんはサキソフォンを目の前に掲げた。

「ああ。明らかに音が悪い。ちょっと見せてみろ」

シゲさんは大股《おおまた》で部屋の中央に戻ると、中年男に黙って楽器を手渡した。

中年男は楽器を受け取ると、ひっくり返したり持ち上げたりあれこれやっていたが、正直どこをどう見て良いのか、さっぱりわからない様子だった。

シゲさんが見かねたように言った。

「自分では音は変わってないと思うけど、もしも鳴りが悪いんだとしたら、ひょっとしたら煙草《たばこ》のヤニがつまっているかも知れねえな」

「そうだヤニだヤニ！　煙草のヤニだ！　明日までにちゃんと掃除しておけよ！」

途中から真っ赤な顔になっていた中年男は、そう言ってサキソフォンをシゲさんに突き返した。シゲさんは無表情でそれを受け取った。

「それじゃあ、また明日」

女の人がパイプ椅子に座ったまままもう一度声をかけた。

「ああ、明日」

4

今度こそ外に出たシゲさんと、僕は並んで歩きはじめた。

シゲさんからは大人の男の匂《にお》いがした。

今思うにあれは、煙草のヤニと酒臭い息の入り混じった匂いだったのだろう。だが子供の頃《ころ》の僕は、男はみな大人になると、ああいう匂いを自然に発するようになるものだと思っていた。

僕等はずっと黙っていた。だが一町ばかり行ったところで、シゲさんが突然口を開いた。

「なあ坊主、何でチンドン屋って言うのか、知ってるか？」

「ううん」僕は首を横に振った。

「鉦と太鼓があるからだとさ。チン、と鳴ってドン、と鳴る。そのまんますぎて嘘《うそ》みてえだが、本当にそれだけなんだってさ。下らねえだろ」

「下らなくなんかないよ」僕は答えた。

「へえ？」

「友達はみんな、大きくなったらチンドン屋になりたいって言ってるよ」

シゲさんは吃驚したように眉毛を吊《つ》り上げた。

「何で？」

「だって、楽しそうだもん」

するとシゲさんは大声で笑い出した。

「そいつはいい。なってやれ、なってやれ」

それきりで会話が途《と》絶《だ》えた。

だがまた一町ばかり行ったところで、シゲさんは突然足を止めた。店の前で風にはためく青と赤の〈氷〉の旗を凝《じ》っと見ている。

「坊主、かき氷食いたくないか」

僕は首を横に振った。缶けりの途中だったから、お金なんか一円も持っていなかった。

そもそもお金を持っているのは、バスに乗らなきゃいけない時とか、文房具を買う時とか、何かお金を使う用事のある時だけだった。

「そうか」

シゲさんは落胆したように言うと、ゆっくりと歩き出した。

だが二〇歩ほど行ってから、思い直したように再び立ち止まると、斜め上から僕の顔をまともに覗き込んだ。

「なあ坊主。お前が勝手にあとを跟いてきたんだよな？」

僕はどきりとした。

「ダメだと散々言われていたくせに勝手に跟いてきて、その挙句《あげく》一人で帰れなくなったんだよな？」

思わず一歩後ずさりをした。あのプレハブの建物で、ものすごく怒られることを覚悟していたのに、あんまり怒られなかった。女の人は優しかったし、足の悪い小男は嫌味を言ったが、シゲさんはそれに乗らなかった。むしろ庇《かば》ってくれようとしているようにも感じた。そのシゲさんと二人きりになった以上はもう怒られない——そう思って安心していた。

だがその考えは甘かった。このまま何事もなく済むわけがない。いよいよここで怒られるのだ。僕は目を瞑り、学校でいつもそうするように、歯を食いしばって殴られる準備をした。

「つまりだ。俺は一人の大人として、迷子のガキを町まで送り届ける義務はあるかも知れないが、だからと言って何も、一切飲まず食わずで送り届けなきゃいけないという義務はない。違うか？」

言っている意味がよくわからなかったので、僕は薄目を開けてシゲさんを見返した。

「俺は今、死ぬほどかき氷が食いたい。したがって俺は食う。俺が言いたいのはそれだけだ。わかったか、以上！」

そう言うや否《いな》やシゲさんは踵《きびす》を返して道を戻ると、店のガラス戸をがらがらと開けて中に入った。僕は仕方なくその後から入り口を潜った。

他にお客さんは誰もいなかった。四人掛けの席に座るなりシゲさんが言った。

「何にする、坊主？」

「え？」

「お前も食うだろ？」

僕は首を横に振った。「お金がないよ」

「バカ。ひょっとしてそれでさっきは断ったのか！」

シゲさんは笑い出した。

「大人が子供に食うかと訊《き》いておいて、お金を出させるわけあるかよ」

僕はびっくりしてシゲさんを見つめた。

シゲさんが先に宇治《うじ》金時《きんとき》を注文して僕を見たので、僕は「氷イチゴ」と答えた。

シゲさんは手に持っていたサキソフォンを、テーブルの片側に横たえた。埃《ほこり》まみれのガラス窓から差し込む夕陽《ゆうひ》が当たって、剝き出しのサキソフォンはぴかぴか光った。

「天の川みたいだ」

僕の独り言にシゲさんが耳を留めた。

「ん？　天の川？」

「その楽器。ぴかぴか光って、少しカーブしていて、まるで天の川みたい」

シゲさんは目を丸くした。

「へえー。詩人だな、坊主」

「シジンって何？」

「うーん、そうだなあ。普通じゃないものの見方をする人ってところかな」

「ふうーん」

かき氷が来ると、僕等は食べはじめた。シゲさんはときどき「はあ」とか「んん」とか、意味不明の音を出したが、それ以外は一転して無言だった。

シゲさんが食べ終わったときに、僕の氷イチゴはまだ半分以上残っていた。待たせてはいけないと思って急いで食べようとしたら、頭のてっぺんがズキンと痛くなった。

顔を顰《しか》めて頭痛をこらえている僕を見て、シゲさんは再び大笑いした。

「バカ！　あわてて食ったんだろ！」

それからシゲさんは煙草に火を点《つ》けながら言った。

「人生は長い。よくは知らねえけど多分長い。だからゆっくり食って大丈夫だ、坊主」

5

店を出て再び歩きはじめた。夕陽の位置はさっきより一段と低くなっていた。シゲさんが持っているサキソフォンが放つ光も、さっきより少し鈍くなっていた。

「どうしてチンドン屋になったの？」

歩きながら訊くと、シゲさんはまたもや笑い出した。

赧《あか》い顔をしてどうでもいいことをべらべら喋《しゃべ》り、いつも下品に笑っている大人は見慣れていた。またその逆でほとんど喋らず、いつも仏頂面——もちろんその頃の僕は、仏頂面なんて言葉自体知らなかったが——している大人たちも見慣れていた。でもシゲさんのように、口数が少ないのによく笑う大人の人を見るのは初めてだった。

「俺はチンドン屋じゃない。ただのバイトだよ」

「バイトって？」

それは初めて聞く言葉だった。

「要するに、ただの手伝いってことだ。その証拠にほら、俺だけ衣裳《いしょう》も合わせていないだろ？」

　シゲさんはそう言って、灰色の厚手のジャケットの襟《えり》のところを、指先でつまんだ。

「どうして手伝っているの？」

「どうしてだろう。金のためかな。いや、時給に直したら、こんなに割りに合わねえバイトはねえな」

「ジキュウって何？」

　シゲさんは、僕の質問には答えずに続けた。

「最初は、コンクールに出るためだったんだ。富山《とやま》で毎年あるんだよ、チンドン屋のコンクールが。そこは三人一組でないと出られないんだが、幸次《こうじ》さん――と言ってもわからねえな、さっきの事務所にもう一人いただろ、背があんまり高くなくて……」

「足の悪い人？」

「そうだ。あの人がタハッセイコウカショウとか言う、手足が動かなくなっちゃう病気になったんで、急遽《きゅうきょ》知り合いのつてで俺が呼ばれたってわけさ」

「結果はどうだったの？」

「結果？」

「コンクールの結果だよ」

　するとシゲさんは複雑な表情を浮かべた。

「なあ坊主、普通そういうことはな、当の本人が自分から言い出さねえ限りは、訊かねえもんだ」

「そうなの？」

「ああ、大人はな。だが大人の決まりごとなんてくそくらえだ。教えてやろう。最高点を入れてくれた審査員もいたらしいんだが、残念ながら持ち時間を一秒オーバーしていたことが判明して失格になったのさ。まあ俺が調子に乗って即興演奏を入れすぎたのが原因だけどな」

6

角をいくつか曲がり、橋を渡ると、見憶《みおぼ》えのあるあの陸橋が見えてきた。僕はうれしくなった。今まさに陸橋の下を、通勤通学用の普通列車が通り過ぎるところで、遠くで遮断機の下りるカンカンカンという音も聞こえて来た。

「家はどこだ」

陸橋を渡り切ったところでシゲさんが訊いて来たが、僕は返事をしなかった。シゲさんが家まで来るのはまずかった。

知らない大人と話をしたり、あとをついて行ったりしてはいけないといつも言われていた。僕が怒られるだけならまだ良いが、母親はお礼を言うどころか、あべこべに一人合点《ひとりがてん》して、シゲさんに文句を言うかも知れなかった。

「こ、ここでいいよ」

そこで僕は、一言そう叫ぶなり駆け出した。

「おい坊主！」

シゲさんは後ろから声をかけたが、それ以上追っては来なかった。

駆け足で角を二つ曲がったところで、僕は足を止めた。考えてみると町まで送ってもらったことのお礼も、かき氷を奢《おご》ってもらったことのお礼も言っていない。それを言わないのは、何だかものすごく悪いことのように思った。言わないときっとこの先ずっと後悔する。そう思った僕は、たったいま来た道を急いで引き返した。

だがシゲさんの姿は、もうどこにも見えなかった。

僕はひどく悲しくなった。

だがそのとき土手の向こうの川べりで、何かが夕陽の光を受けてぴかぴか光っているのに気が付いた。光の脇《わき》に、背の高い男の人が一人佇《たたず》んでいる。僕は土手を駆け降りた。

シゲさんはサキソフォンを平らな石の上に置いて、川の水面《みなも》に向かって小石を投げているところだった。シゲさんは肩が強いらしく、シゲさんが投げた小石は、五回も六回も水の面《おもて》から浮かび上がった。

息を弾《はず》ませながらその脇に立つと、真似《まね》して小石を拾って投げた。だが僕の石は全く水面を弾《はじ》かなかった。

シゲさんが気付いて、愕いたように僕を見た。

「なんだ坊主、戻って来たのか」

僕は黙って頷いた。

ありがとう――そう言おうとした。だがあれほど言おう言おうと思っていたのに、面と向かうと照れ臭くて言えなかった。そこで代わりにもう一つ小石を拾って水面に投げた。だがやはりすぐに沈んでしまった。

「だめだな坊主。投げ方が違う」

シゲさんは僕の後ろに立って、後ろから手を回して僕の手を掴《つか》むと、上下左右に動かした。

「水切りの基本はサイドスローだ。だが、ただ横から投げれば良いってもんじゃねえ。こうやって、投げる瞬間に手首のスナップを効かせるんだ」

教えられた通りにやってみた。だがやっぱりうまく行かなかった。

「腕のしなりがないな。もっともっと、身体《からだ》全体を使って投げるんだ」

シゲさんの態度には、子供を相手にしているという雰囲気はなかった。

「うーん、まずはサイドスローで、ある程度狙《ねら》ったところへ投げられるように練習しないとな」

そう言って何度も何度も僕のフォームを修正し、また自分でもやって見せてくれた。

「ダメだダメだ。下半身をちゃんと使え。前の足で思い切り踏み込め」

だがやっぱり上手く行かない。あきらめて下を向いていると、シゲさんが言った。

「簡単にあきらめんな。あきらめるのはいつでもできる」

そこでさらに何回かやってみた。シゲさんはその都度辛抱強く僕のフォームを矯正《きょうせい》してくれた。

少しずつコツが摑めてきた。一〇メートルほど先の樹《き》の幹に、サイドスローで投げた小石がほぼ間違いなく当たる。

「すげえな、坊主。なかなか毎回狙ったところに当たるもんじゃねえぞ」

滅多に人に褒められたことのない僕は、すっかり嬉《うれ》しくなった。

それからようやく水切りの練習になった。さっきの樹の幹が水中から生えているところをイメージして、その幹の付け根のところを狙って、思い切り腕を振る。投げる瞬間に、指先で石に回転を与える。

すると何度か目に投げた小石が三回も水面を弾き、四回目で水底に沈んだ。水面に美しい波紋が四つ広がり、ぶつかり合った。

「やったな！」

シゲさんは手を叩いて、まるで自分のことのように喜んだ。

「シゲさんは野球をやってたの？」

僕は訊いた。教え方があまりに上手だったからだ。

「いや、野球をちゃんとやったことはないな。俺がこれまで一番真面目《まじめ》にやったスポーツは柔道だな」

「へえー」

僕は目を輝かせた。ちゃんとやったことがないのにこれなら、真面目にやったものはどれだけ凄《すご》いのだろう。

「ちょっと教えてやろうか？」

シゲさんは言った。

「うん！」

もちろん下は土なので、本当に投げたり投げられたりはできない。シゲさんが教えてくれたのは、相手の身体の崩し方、そして小内刈《こうちが》りという技のかけ方だった。

「こうやって相手の重心を一方の足に寄せておいて、もう一方の足が地面に着く瞬間に素早く手前に刈るんだ。これが決まると面白《おもしれ》えぞ。自分よりはるかにでかい奴《やつ》が、まるで真夏の氷河のように畳の上に崩れ落ちるんだからな」

真夏の氷河なんてもちろん見たことはなかったが、何となく言わんとすることはわかった。

そしてそれは大げさではなかった。シゲさんにその技をかけられると、さっきまでちゃんと二本の足で立っていたはずなのに、急に足が一本もなくなったかのような感覚になって、もんどりうって後ろに倒れてしまうのだ。もちろんシゲさんは僕の服やズボンを摑んで、僕が地面に倒れないようにしてくれた。


――


それから並んで川のほとりに座った。全身の汗が、風で乾いて行くのが心地よかった。

いつの間にか夕陽が山の端《は》にかかろうとしていた。これ以上帰りが遅くなったら、こっぴどく怒られることはわかっていたが、まだ帰りたくなかった。

シゲさんのような大人は初めてだった。何も話をしなくても、もう少しシゲさんと一緒にいたかった。

シゲさんは何も言わずに煙草を吸っている。

夕陽が沈むと同時に、西の空に金星が光りはじめた。

夕陽が完全に沈んだ時、シゲさんがやっと口を開いた。

「坊主。そろそろ帰らねえと、やべえぞ」

僕は頷いた。ここまで遅くなった以上は、思い切り遅くなった方がマシだということを僕は知っていたが、あるいはそうなったら、シゲさんに迷惑をかけてしまうことにもなりかねなかった。

「どうもありがとう」

立ち上がってズボンのお尻《しり》のあたりをはたきながら僕は言った。さっき言えなかった言葉が、すらすら言えたことに僕自身が面食《めんく》らった。

「今度いつ町に来るの？」

今日のお礼がしたかった。どうせ大したことはできないけれど——。

するとシゲさんは、ちょっと困ったような顔になった。

「いや実はな、もうチンドン屋の手伝いは辞《や》めようと思ってるんだ。だからこの町にも、しばらく来ることはないと思う」

「そうなんだ」

僕はがっかりした。

「じゃあお礼は大きくなってからするね」

「礼なんか要《い》るかよ」

シゲさんはぶっきら棒に答えたが、すぐに気が変わったように付け加えた。

「それじゃあ坊主、大きくなったら社長になって、俺を雇ってくれよ」

「うーん」

僕は戸惑った。社長と言われても、どうやったらなれるのか、皆目見当もつかない。

「それはちょっと、難しいかも」

「ははっ。真面目だな坊主。冗談だよ冗談。長生きしろ。それがお礼だ」

何を言っているんだろうと思いながら、僕は今度こそ家路を急いだ。小学生の子供に向かって、長生きしろよも何もないもんだ。第一自分だって、まだ大学を出たばかりくらいの年齢《とし》じゃないか――。

7

次の日の早朝、パチンコ屋の裏の駐車場で、男女の死体が発見された。

女性の死因は出血多量、男性の死因は脳挫傷《のうざしょう》だった。

町の大人たちは、その日もあくる日も、その話で持ち切りだった。

だが三日目くらいにテレビのローカルニュースで、駐車場で発見された男女二人の遺体は、チンドン屋内部の痴話《ちわ》ゲンカの縺《もつ》れとみられるという報道がなされると、それ以降その事件のことは、大人たちの話題にはあまりのぼらなくなり、やがて一ヶ月もすると、そんな事件があったこと自体、ほとんど忘れられた。

――

あくる日の朝、小学校の早出当番とウソをついて、六時半に家を出た僕は、まっすぐパチンコ屋へと向かった。いくら早出当番と言っても六時半は早すぎるが、アサガオの世話と言ったら母親はあっさりと信じた。

パチンコ屋は町に一軒しかなかったから、間違えようがなかった。すれ違うのは新聞配達や牛乳配達ばかりで、パチンコ屋ももちろんまだ開店していなかったが、駐車場には無断駐車しているらしい軽自動車やライトバンが何台かあったので、そのうちの一台の蔭《かげ》に隠れた。

七時十五分前にシゲさんが一人でやって来た。昨日と同じ灰色のジャケット姿だが、鳥打帽はかぶっていない。きょろきょろと周囲を見回す。手には今日もまた剝き出しのサキソフォン、もう片方の手には少量の手荷物を持っている。どうやらシゲさんは、サキソフォンを入れるケースを元々持っていないらしかった。

その後すぐにあの女の人がやってきた。今日は着物ではなく白い花柄の半袖《はんそで》のブラウスに青いスカート姿だった。やはり手には荷物を抱えている。

昨日は白塗りしていたからわからなかったが、女の人の頬《ほお》には大きな青いアザがあった。白塗りを落とさなかったのは、このアザを隠すためだったのだろう。アザは半袖のブラウスから剝き出しになっている腕にもあった。

シゲさんと女の人は駆け寄って二言三言言葉を交わした。

やっぱり――。

明日の朝七時にパチンコ屋というのは、やっぱり何かの暗号だったのだ。

だがその暗号に気付いたのは、どうやら僕だけではなかったらしかった。女の人の背後から、もう一人の人間がぬっと姿を現したからだ。

中年男だった。女の人の後をこっそりと跟けて来たものらしかった。

中年男は二人に向かって怒号のような叫び声を上げたが、シゲさんと女の人が熟《じ》っと動かないのを見ると、懐《ふところ》からいきなりナイフを取り出した。

ナイフが朝陽を受けてぴかぴか光った。

声も出せずにいる僕の前で、中年男はそのままシゲさん目掛けて突進したが、シゲさんは荷物とサキソフォンを手から離すこともなく、柔道仕込みと思われる軽いステップでそれを躱《かわ》した。躱された中年男はそのまま地面に両手をついた。実力差がありすぎて、まるで勝負になっていなかった。

だがそれがいけなかった。

シゲさんが第一撃を華麗に避《よ》けたことで、シゲさんと女の人の間に距離ができていた。シゲさんには勝てないと悟った中年男は、拾い上げたナイフを逆手に持ち替えると、くるりと振り返って女の人にいきなり切りつけた。

女の人は胸のあたりをあっけなく刺された。

中年男がナイフを抜くと、女の人の白いブラウスの胸のあたりに、新しい花柄ができてそれがどんどん大きくなった。女の人は喉《のど》からひゅうという音を出しながら倒れた。

「何やってんだバカ!」

シゲさんが大声を出しながら駆け寄った。

両腕を返り血で真っ赤に染めた中年男は、引き抜いた血まみれのナイフをもう一度握り直すと、駆け寄ったシゲさん目掛けて、狂ったように振り回しはじめた。

シゲさんは再び突き出されたナイフを、片手に持っていたサキソフォンで軽く横に薙《な》いだ。ナイフが遠くへ飛び、シゲさんはここで初めて自分の両手が塞《ふさ》がっていたことに気付いたかのように、楽器と荷物をその場に投げ捨てた。そして自由になった右手で、中年男の顎《あご》にアッパーカットを叩き込んだ。

中年男は吹っ飛んで動かなくなった。

シゲさんは沈痛《ちんつう》な面持ちで血まみれの女の人の前に跪《ひざまず》いた。

だが女の人は、もうぴくりとも動かなかった。

シゲさんはその前で、男らしい太い眉を八の字に歪《ゆが》めて目を瞑り、項垂《うなだ》れた。

ところが中年男は、ほんの一瞬気を失っていただけだった。やがて起き上がると、すぐ目の前に転がっているシゲさんのサキソフォンを拾って、背後から襲い掛かった。

ぼこ、という音と共に、楽器がシゲさんの頭にめり込んだ。

シゲさんは頭を押さえて前かがみになった。だが倒れることはなく、素早く振り返ると、立ち上がりざま中年男の鳩尾《みぞおち》に拳《こぶし》を入れた。

中年男が楽器ごと吹っ飛んだのを確認すると、シゲさんは女の人の上にもう一度かがみ込んだ。

だが女の人はさっき同様、やはりぴくりとも動かなかった。

シゲさんは広い肩をぶるぶると震わせた。

一方中年男は執拗《しつよう》だった。ゆっくりと身を起こし、吹っ飛んだ場所の近くに、さっき自分の手から離れたナイフが転がっているのを見つけると、それをそっと拾い上げ、跪いているシゲさんの背後から、今度は跫音《きょうおん》を消して静かに静かに近付いた。

シゲさんは気付いていない。危ない！

さっきから、目の前で起こっていることが信じられなかった僕だが、もはや一刻の猶予もなかった。咄嗟《とっさ》に近くに落ちていた小石を拾うと、車の蔭から出て、昨日シゲさんに教わった通りの投げ方で中年男に向かって投げた。距離が近かったおかげで、小石は中年男の目と目の間に当たり、中年男はぐう、と言いながら目を押さえて立ち止まった。

その音に気付いてシゲさんは振り返った。

「この野郎！　まだのびてなかったのか！」

シゲさんは男の手首を摑んでナイフをはたき落とすと、もう片手で男の襟ぐりを摑み、その重心を崩して小内刈りをかけた。中年男はまるでつっかい棒を失った人形のようにその場に後ろ向きに倒れ、後頭部をコンクリートで強く打って、そのまま動かなくなった。

中年男の後頭部から、血が流れはじめた。それはゆっくりと、しかし確実に広がって行った。

それを見てシゲさんは、衝《は》っと我に返ったような顔になり、荷物だけを拾って駅の方角へと走り出した。あの冷静なシゲさんが、パニックを起こしていた。

僕は焦った。何をやっているんだシゲさん。それをそこに残しておいたら、シゲさんがこの場にいたという、動かぬ証拠になっちゃうじゃないか——。

そう思った僕は車の蔭から再び走って出ると、誰も見ていないことを確かめてから、急いでサキソフォンを拾い上げた。

それは口の部分が大きく凹《へこ》んでいた。

走って家に帰ってそれを隠すと、それから改めて家を出て学校に行った。

僕の稚拙《ちせつ》な工作がうまく行った理由はよくわからない。きっと警察がチンドン屋の内輪《うちわ》揉《も》めと決め付けて、あまり真面目に捜査しなかったのだろう。ローカルテレビでは、不貞行為を知った中年男性が女性を刺し、大量の返り血を浴びて興奮状態のまま、地面の血で足を滑らせて後ろに倒れ、そのまま駐車場のコンクリートで後頭部を打ったものとみられると報道されていた。

その後も町にはときどきチンドン屋がやって来たが、それらは全《すべ》て別のチンドン屋だった。シゲさんの姿も、足の不自由な男の姿も、それきり二度と見かけることはなかった。

だから今でも真夜中などに、子供部屋の押し入れの天井の羽目板を外して屋根裏を眺めると、わずかな隙間《すきま》から差し込む月明かりを反射して、僕がシゲさんから預かっている天の川が見えるのだ。

ひょうろぎ野郎とめろず犬

I

1

僕がそれを見つけたのは、高い塀を巡らせた洋館に住んでいたお金持ちの一家が、突然引っ越して行った日のことだった。

その洋館近くのゴミ捨て場前の電柱に、一匹の仔犬《こいぬ》が鎖で繋《つな》がれていた。

一目見るなり、その首輪が小さすぎることがわかった。毛のふさふさした真っ白い仔犬なのに、その白い毛を薙《な》ぐように首輪が首に食い込んでいるので、首のまわりだけがぽっかりと陥没《かんぼつ》しているようにも見えた。

そのお金持ちの家には、まるで外人のように色の白い奥さんがいて、いつもお手伝いの女の人に日傘をささせては、純白のスピッツを散歩させていた。犬の鎖を握る手にも白い手袋を嵌《は》めていた。この町には日傘をさす人も、手に白い手袋などを嵌める人も他にはいなかったから、その姿はいつも弥《いや》が上にも目立っていた。というかそもそも、お手伝いさんなんかを雇っている家はここだけだった。

その家には身体《からだ》の弱い小さな女の子がいるらしく、見た奴《やつ》はすごい美少女だとか、痩《や》せすぎていて気味悪いとか、学校であれこれ噂《うわさ》をしていたが、僕は一度も見たことがなかった。ただ大学生くらいの男が、その家の門を潜《くぐ》っては数時間後にまた帰って行く姿はよく見掛けた。何でも学校に通えない少女のために、家庭教師を雇《やと》っているという噂だった。

目の前の仔犬が、その家の奥さんがいつも散歩させていた純白のスピッツの子供であることは間違いなかった。なにしろこの町には、毛の真っ白な犬なんて他に一匹もいやしないのだ。

僕は鎖を電柱から外して、とりあえず自宅に連れて帰った。

茶色の革でできた首輪は、予想以上にがっちりと首の肉に食い込んでいて、子供の力ではとても外せなかった。ズボンのベルトなどと同じ仕組みで、外すためには一瞬もっと締《し》めつけなくてはならないのだが、ほんの少し力を入れただけで、仔犬が悲鳴を上げて暴れるのだ。恐らく首の肉にすでに革がかなり食い込んでいるのだろう。しかもその革はやたらと頑丈で、鋏《はさみ》で切るのも難しそうだ。第一鋏の刃《は》が、犬の首と首輪の隙間《すきま》に入りそうもない。

かと言って、今もやっと息をしているようなこの仔犬をこのまま放置していたら、首が絞《し》まるか首のまわりが爛《ただ》れるかして、間違いなく死んでしまうことだろう。

「何《ない》だそのちちゃこい犬コロは」

途方に暮れながらなおも一人玄関先で悪戦苦闘していると、突然背後で野太い声が響いた。振り返ると、平日なのに何故《なぜ》か会社から早く帰ってきた父親が立っていた。ちなみにちちゃこいとは小さいという意味だ。

「首輪で首が絞まって、苦しそうなんだよ」

僕は慎重に言葉を選びながら答えた。この時すでに僕の頭の中には一つの作戦があったが、まだそれを持ち出すのは得策とは思えない。

「ぼくにもう少し力があれば、外してあげられるんだけど……」

「ふうむ」案の定父親は、むらむらと功名心にかられたようだった。「まあ、ずぐすけ野郎には無理だろうな。どれ、かしてみろ」

そう言って手を伸ばした。

「ずぐすけって何?」

父親は小さな地図だと名前すら載っていない、県内でも屈指の寒村の出身で、母親も五十歩百歩なので、僕のような生まれつきのシティーボーイには、両親の使う言葉がわからないことが時々あるのだ。

「まあ簡単に言うと、阿呆《あほう》ってことだな。いいか、しっかり押さえてろよ」

僕は両手を伸ばし、犬の胴体をしっかりと掴《つか》んだ。

それから父親は次に犬に向かって呼び掛けた。

「少々手荒いが我慢しろ。お前のためなんだからな」

それからエイヤッと大声を出すと、力まかせに首輪の先端を引っ張った。

生命の危機を明確に感じ取ったのだろう、仔犬は断末魔《だんまつま》のような悲鳴を上げながら、僕の手の中でものすごい勢いで脚をばたつかせた。

次の瞬間に首輪が外れた。仔犬も急に楽になったことに気が付いたらしく、なおもキャンキャンと叫び続けながら、不思議そうに目をぱちくりさせた。

2

「何《なぬ》？　あそこの家の仔犬なのか！」

僕が一部始終を話すと、父親は大いに憤慨《ふんがい》した。お金持ちの一家がその日の朝に突然引っ越して行ったことは、会社でも噂になっていたらしかった。

「そうか。じゃあわざと捨てて行ったんだな。ひでえことすんなあ」

その時遅ればせながら騒ぎに気付いて、母親が玄関から出てきた。その目には不審そうな光が浮かんでいる。

「何《ない》だそのちちゃこい犬コロは」

さすがは夫婦と言うべきなのか、さっきの父親と全く同じ台詞《せりふ》だった。ただ一つ違っていたのは、今度は僕ではなく父親が得意気に一部始終を説明したことだった。父親はこの犬コロがどんなに不幸な犬コロであるか、また生命の危機に瀕《ひん》していたこの犬コロに対して、自分が如何《いか》に見事に救世主の役割を演じたかなどを、時折大きなジェスチャーを交えながら話した。

「全く金持ちの連中のやることと言ったら、これだもんな。ただ捨てていくだけじゃなくて、電柱に繋いでいたんだぜ。残酷にも程がある。しかも飼っておきながら、首輪のサイズが合わなくなっていることにも気が付かないんだから、全くもって、とんでもねえびだご連中だ！」

「び、びだごって何？」

するとと人を罵倒《ばとう》する言葉だけ、異様に語彙《ごい》が豊富な父親が意気揚々《いきようよう》と答えた。

「腐ったカイコのことだ」

今だ、と思って僕は言った。「可哀想《かわいそう》だよね」

「ああ、可哀想だ」

「ねえ、この犬、家で飼うことにしようよ」

だが僕の見込みは甘かった。ひどく憤慨していた父親だが、僕のこの提案に対してはにべもなかった。「そいつはだめだ」

「どうして？」

「だめだ犬コロなんて。毎日散歩に連れていかねえと吠《ほ》えるし、ノミはたかるし、ロクなことはねえ」

「散歩には僕が連れていくよ」

「それだけじゃねえ。エサ代だの予防注射代だの、何だかんだで金がかかる。ウチには、犬を飼ってる余裕なんてねえ」

するとその時、それまで黙って仔犬を眺めていた母親が、突然口を挟んだ。「七日町《なのかまち》の飲み屋のおなごに、腕時計買ってやる余裕はあってもな」

父親は瞬時に口を噤《つぐ》み、気まずそうに顔を背《そむ》けたが、それから失地を挽回《ばんかい》しようというかのように、僕に向かってさっきの数倍大きな声を出した。

「とにかく！　生きてるんだからな、おもちゃとは違うんだ。フンもするし、病気だってする！　人を噛《か》んで怪我《けが》をさせることだってある。世話が大変になると、おかちゃんの負担が増える。おかちゃんが苛々《いらいら》すると、そのとばっちりで俺《おれ》が怒られる」

だがその母親が、無表情のまま再び口を挟んだ。

「んでもこの犬、あそこの家の犬の仔なんだべ？　あそこの犬、血統書つきの何万円もするやつだば」

「なぬ？」

父親の顔つきが一瞬にして変わった。それからそんなことは一切関係ないと言いたげに腕組みしながら、横目でちらちらと仔犬を見た。これは父親が思い切り関係あると考えている時に取るポーズであり、そんな血統書付きの犬の仔だったら、きっと高く売れると考えている様子が、ありありと伝わって来た。

「でもそれにはまず、首の傷痕《きずあと》を治してあげないとね」

僕がここぞとばかり押すと、父親はわざとらしく咳払《せきばら》いをした。

「ふむ……。まあ人道的な見地から考えて、お前が拾って来た以上は、とりあえずこの傷だけは我が家で治してやるのが、筋だという気はするな……」

「ジンドウテキケンチって何？」

「人の道、ってことだな。まあ要するに、俺が常々心がけている道のことだ」

そう言う父親の顔からは、傷がない方が絶対に高く売れると考えている様子が、思い切り伝わって来た。父親が懸命に笑みを押し殺しながら、節の太い指を伸ばして仔犬の傷のある首のまわりを撫《な》でさすると、白い仔犬はキャンキャン言いながら尻尾《しっぽ》を振った。

「よし、んだらこうしよう！　とりあえずこの傷が治るまでだけウチで面倒みる。それで傷が治ったら、すぐに貰《もら》い手《て》を捜す。ほんでどうだ？」

3
「名前どうしようか」

期間限定にしても飼うことになったことにウキウキしながら後ろから声をかけると、夕刊の間にこっそり挟んだ競馬新聞を見ていた父親は、びくりと身体を震わせながら振り返った。

「何だお前か。おかちゃんはどこだ？」

「知らない。買い物なんじゃない？」

「そうか。んで、何の用だ？」

父親は吻《ほ》っとしたように溜《た》め息《いき》をついた。

「だから名前だよ。犬の名前」僕は繰り返した。

「ほっだなもの、なしで良い。どうせすぐにヨソに売、いややるんだから」

「だけど名前がなかったら、それまで何て呼ぶの」

「犬でいいだろ犬で」

母親が外出中なことを知って安心した父親は、耳に挟んでいたちびた赤鉛筆を手に取ると、夕刊を外して競馬新聞に堂々と丸や三角の印をつけはじめた。僕は叫んだ。

「でもそれじゃあ、どこの犬かわからないじゃない。やっぱり名前がないと不便だよ！」

「んだら、お前勝手に付けろ」

「僕が付けていいの？」

　僕は戸惑った。全く何も考えていなかったからだ。

「ああ」どうやら父親は、傷が治るまでの期間は、犬に対する興味は一切持つまいと決めたようだった。

「じゃあ、〈チーコ〉は？」

　とりあえず思いついた名前を口にした。この当時の犬の名前としては、極めてありふれた名前である。

「んでも〈コ〉で終わんのは、何だかメスみたいだな」

　どうでも良いと思っていることでも、一回は反対しないと気が済まない父親が、競馬新聞から目も上げずに言った。仔犬はオスであることが判明していた。

「〈コ〉で終わらねえメスもいっぞ。七日町をおしゃれな腕時計して歩いている〈さおり〉とかな」

　いつの間にか後ろに立っていた母親の、ドスの効いた声が響いた。どうやらまだ買い物には行っていなかったらしい。父親は横顔を強張《こわば》らせながら、夕刊を慌てて競馬新聞の上に被《かぶ》せ、一生懸命一面を眺めているフリをした。

「じゃあ、〈ツンコ〉は？」

いつも犬を連れている西郷隆盛《さいごうたかもり》――まあ銅像なのだから当然だが――の、あの犬の名前が確か〈ツン〉だから、それに倣《なら》ったものだ、というのは真っ赤なウソで、何のことはない〈チーコ〉をこの地方風に訛《なま》らせただけである。

「おお、そいつは良いな！　さすがは俺の息子だ。そこらへんのずぐすけ連中とは出来が違う！」

〈コ〉で終わるのはさっきと全く一緒なのだが、今度は父親は全面的な賛同の意を示した。とにかく何でも良いから目先の話題を変えたかったのだろう。

「ツンコか。ほいづはまあ悪くねえな」

ただ父親に嫌味を言いたかっただけの母親も、あっさり同意して、今度こそ買い物に出かけて行った。

4

ところが帰って来た時母親は、奇妙なものをずるずると引きずっていた。それは数千年前の先史時代の遺跡から、たった今発掘されたかのようなぼろ板で、しかもただ自然に朽《く》ちて腐ったわけではなく、何らかの強い宗教上の理由から、古代の呪術師《じゅじゅつし》やら陰陽師《おんみょうじ》やらが何人もかかりっきりになって、この世のありとあらゆる邪悪なものをそこに封じ込め、さらにわざわざ土まみれ泥まみれカビまみれにしたもののように思えた。

「それなあに？」

「もらて来た。んだて要《い》んべ、犬小屋？」

よく見るとそのぼろ板は、確かに形状は犬小屋の形をしているのだった。

「そ、それをそのまま使うの？」

「あたしは人徳あっからよ、こういう時にタダでもらえんのよ」

母親は鼻高々だ。七軒先の家で十五年ほど前に犬を飼っていて、その犬がいなくなった後、犬小屋だけがずっと雨曝《あまざら》しで残っていたのを貰って来たのだという。いくらなんでもこんなものには入らないだろうと思いながら目の前に置いてみると、ツンコはその難破船の残骸《ざんがい》のようなものの中に尻尾を振りながら入って行き、ボロボロの中板の上で、コロコロした真っ白い身体を長々と伸ばした。

住環境に関しては、意外にプライドのない犬のようだった。

一方首輪は、元の首輪の先の穴のない部分に父親が再びエイヤッと言いながら錐《きり》で穴を開けて、そのまま利用することになった。とにかく両親はツンコには鐚《びた》一文たりともお金を使う心算《つもり》はないらしかった。

次の日から僕は、小学校が終わると毎日まっすぐ家に帰るようになった。ツンコの散歩が日課になったからだ。

自分なんかになついてくれるかどうかが心配だったのだが、その心配は杞憂《きゆう》だった。ツンコは僕の姿が遠くに見えるだけで、ものすごい勢いで飛び跳ねるのだ。だが首輪は鎖に繋がれたままだから、跳ねては鎖に引っ張られ、跳ねては引っ張られてを繰り返す。見ているこっちが、首や喉《のど》の骨が折れるのではないかと心配になるような勢いだ。一旦《いったん》家の中に入り、玄関先にランドセルを置いて出て行くと、一心不乱にじゃれかかって来て、僕の顔をぺろぺろと隈《くま》なく舐《な》め回す。嬉《うれ》しいが、すごくこちょびたい（くすぐったい）。

鎖を手に持って、一緒に走り出す。舗装された市道を通り抜け、畑の間の畦道《あぜみち》を走り抜け、土埃《つちぼこり》と石ころだらけの道を駆け回る。

人家が途絶えたあたりで鎖を外してやると、ツンコは一目散《いちもくさん》に転がるように向こうに駆けて行く。僕も一緒に駆け出すが、小学生の足ではとても追いつかない。するとそれに気づいたツンコはまた一目散に駆け戻って来ては、早く早くと言いたげな顔で僕のまわりを駆け回り、また向こうへと走って行く。

かと思うとまた戻って来て、はっはと舌を出しながら、僕のまわりを駆けめぐる。まるではじめて足が生えて来たかのようなはしゃぎようだった。とにかく思いっきり走れるのがうれしくてうれしくて、いくら走っても疲れないようなのだ。

ある日ふと思いついて、だだっ広い野原で細長い棒切れを投げてみた。

何の指示も出していないのに、さすが本能にちゃんと備わっているのだろう、ツンコはそれを追って一目散に走り出し、落ちている棒切れを口に銜《くわ》えた。

だが感心できたのはそこまでだった。それから先どうしていいのかわからないらしく、遠くからおろおろした目でこちらを見つめる。戻って来いと手招きすると、指示をもらったことに喜んで、棒切れをポイと捨て、キャンキャンと吠えながら戻って来る。

何故せっかく銜えていたものを捨てるのか。これでは何の役にも立たない——。

「あ、犬を飼うことになったんですか」

家の前でツンコを可愛《かわい》がっていると、四軒隣の借家に住んでいる石山《いしやま》さんがやって来て言った。石山さんは缶詰工場の工員だが、子供相手にも標準語で、しかもですます調で喋《しゃべ》る。三年前に結婚して娘さんも産まれたが、今年の春に奥さんが子供を連れて実家に帰ってしまい、今は独りで暮らしている。

「うん……」

まだ飼えると決まったわけではない。僕は口を濁した。

「よくあのご両親が許してくれましたね」

「いや……」

「犬は忠実ですからねー。昔どこかの王様が、敵に捕らえられて火刑台に送られた時、王様が飼っていた犬が、その火の中に飛び込んで一緒に焼け死んだとかね。犬はね、そんな話が無数にあるんですよ」

「その……」

「でも人間がそれに応《こた》えているかというと、いまいち心許《こころもと》ない。大抵犬を飼うとね、最初はものすごく可愛がるんですよ。家族同然の扱いで、散歩も毎日行ってね。でも段々と飽きちゃって、抛《ほ》ったらかしになる。友達と遊んでいる方が楽しいしね。それでも犬は遊んで貰えるのを健気《けなげ》に待っている。そのうち死んじゃって、ああもっと遊んであげれば良かったと後悔する。大体決まっているんですよ、パターンがね」

元々空気が読めない（読まない）ことには定評のある人で、奥さんが実家に帰ってしまったのもそのせいだという噂がある人だったが、さすがにこれはあんまりというものだ。僕がその顔を睨《にら》みつけると、さすがに失言に気付いたらしく、石山さんはちょっと首を引っ込めながら無言で立ち去った。

お金持ちの一家が引っ越したあと、塀の高い洋館は空き家になったが、それでも散歩の途中にその前を通るときは緊張した。犬の嗅覚《きゅうかく》は、人間なんかと比べものにならないほど鋭いと聞く。ひょっとしてまだ残っているかもしれない母犬や昔の飼主の匂《にお》いなどを嗅《か》いで、ツンコが何らかの反応を示すのか不安だったからだ。

だがツンコは自らの出生の地には特に何の関心も示さずに、澄ました顔で片足を上げては、その塀に小便をひっかけていた。

良く言えば未来志向、悪く言えば恩知らずの犬なのだろう——。

一方首のまわりは、日を追うごとにみるみる治って行った。赤い蚯蚓《みみず》脹れのようになっていた傷痕の色はどんどん薄くなり、やがて指の腹で触っても、傷があったこと自体ほとんどわからないまでに綺麗《きれい》に回復した。生え方が偏頗《へんぱ》だった首のまわりの毛も、白くつややかに生え揃《そろ》った。

ツンコのそんな回復具合を毎日確かめては、父親はにこにこと微笑《ほほえ》んだ。

「俺が助けた犬コロが元気になって、うれしいなったらうれしいな」

そんな歯が浮くような台詞を言っては、またにこにこと微笑んだ。

5

だがその数日後のことだった。父親が思い切り当てが外れたような顔で帰って来た。

母親相手にぐだぐだ愚痴《ぐち》っているその内容をそっと盗み聞きしたところによると、市内で一番大きなペットショップに話を持って行ったものの、親犬の実際の血統書、あるいは少なくともそのコピーがついていないと、買い取ることはできないと言われたらしかった。

僕は心の中でそっと北叟笑《ほくそえ》んだ。しめしめ。うまく行った——。

ここまで飼っておいて、売れないとわかったからと言って、今さら捨てることなどできやしない。そんなことをしたら、自分がかつてあれほど罵倒《ばとう》したお金持ちの一家と、同じことをすることになる。いくらあのマルジュウ醤油《しょうゆ》で三日三晩煮染《にし》めた玉こんにゃくよりも腹黒い両親といえども、純真の権化《ごんげ》のような息子の手前、さすがにそれはできないことだろう。このままなし崩し的に、我が家で飼い続けることを認めるしかなくなるだろう——。

だが僕の考えは甘かった。

夜中にその純真の権化がトイレに立つと、茶の間で両親が何やら話し合っている声が聞こえた。声を潜《ひそ》めているつもりらしかったが、お酒が入っているらしい父親の声はときどき大きくなり、その端々《はしばし》に、「あのウスラバカ犬」「一銭にもならね」「ゴクツブシ」「ホケンジョ」「サッショブン」という言葉が何度も聞こえた。

最後の方の言葉は初めて聞くもので、意味がよくわからなかった。

純真の権化が目をこすりながら茶の間に顔を覗《のぞ》かせると、それまで上機嫌で喋っていた父親は慌てて口を噤んだ。茶の間の電気が眩《まぶ》しかった。逆光で父親の赭《あか》い顔が、知らない人の貌《かお》に見えた。

「いま何時?」僕は訊《き》いた。

「おやじ! 切《き》れ痔《じ》! イボ痔!」

幸か不幸か、やっぱり父親本人だった。「だからさ、やめてよそういうの」

「うむ。夜中の一時だ。ずぐすけ小僧は、サクランボでも食ってさっさと寝ろ！」

「え？　サクランボあるの？」

「ね（無い）」

「ねえ、ホケンジョってなあに？　サッショブンってなあに？」

するとロから生まれたような父親が珍しく返事をせず、気まずそうに目を逸《そ》らす。僕はもう一度繰り返した。

「ホケンジョってなあに？」

父親は助けを求めるかのようにゆっくりと母親に視線を投げかけた。

だが母親は自分で言えとばかりに、父親に向かって黙って顎《あご》をしゃくった。父親は渋々話し出した。

「実はな……ツンコをそこにやろうと思っているんだ」

「そこって、何をするところなの？」

「まあ何というか……捨てられた犬とか野犬なんかの世話をしてくれるところだ」

無知の極《きわ》みだったボケナス小僧は、漠然と犬のホテルのようなものを連想した。

「ふうーん。じゃあそこに行けば、ツンコはいろいろと世話して貰えるわけ？」

「まあそういうことだ」

「そこに行けばツンコも幸せになれるんだね？」

「それはもう犬にとっては、天国に行ったも同然よ」

「わあ、いいなあ、ツンコ」

僕は普段、縦のものを横にするのも面倒がる両親が、ツンコのことをちゃんと気にかけてくれていたことを知って嬉しくなったが、父親は何故かそんな僕を見て、何とも言えないような複雑な表情を泛《うか》べている。

「会いたくなったら、そこに行けばいつでもツンコと会えるんだよね？」

僕がはしゃぎながら確認すると、父親は一転してしどろもどろになった。

「いんや、いつも会えるとは、限らねえ……かも知れねえな」

父親の唯一の取り得は、嘘《うそ》をつくのが下手なことだった。

「どうして？　ずっと世話して貰えるわけじゃないの？」

「んだから、その……保健所に行ったら、もうウチの犬じゃなくなって、ツンコなりの予定？　とかができるわけだから、いつでも会えるとは限らねえってことだ」

「ふうーん、そうか。ホケンジョって、忙しいところなんだね」

「まあそういうことだ」

「その方がツンコが幸せになるなら、仕方がないけど……でも、会えなくなるのは淋《さび》しいなあ」

「んでもそいつはまあ、仕方がねえべ。ツンコのためなんだから、お前も我慢するところは我慢しねえど」

「うん、わかった」

ずぐすけ小僧が意外にあっさり納得したのを見て、それから両親は堂々とツンコを保健所に連れて行く相談をはじめた。今や話の内容はいつ連れて行くか、父親が車で連れて行くのか、それとも電話して引き取りに来て貰うのかだった。母親は取りに来て貰ったら何がしかの金がかかる可能性があるが、自分で連れて行ったらタダなはずだと主張していたが、父親は自分で連れて行くのを何故か嫌がっていた。

自分とは関係ない話だと思った僕は、欠伸《あくび》をしながら部屋に戻りかけた。するとその時だった。玄関の外に繋いである当のツンコが、突然闇《やみ》を劈《つんざ》くような勢いで、狂ったように吠えはじめた。

「一体どうしたのかなあ」

僕は思わず立ち止まった。こんな時間に吠え続けられたら、さすがに近所迷惑である。

「夜中に吠えるなんて珍しいなあ」

「うーむ。お前ちょっと見て来い」

そう言われて外に出た僕の目にいきなり飛び込んで来たものは、赫々《あかあか》と勢い良く燃え盛る炎だった。

母家《おもや》のすぐ隣に建っている物置小屋が燃えていた。炎はそのすぐ前に繋いでいる白い犬のすぐ近くまで迫《せま》っている。

眠気がいっぺんに吹き飛んだ。僕は出せる限りの大きな声で叫んだ。

「火事だ！」

急いで出てきた父親は、愕《ぎょ》っとしたようにその場に立ち竦《すく》んでいる。

一番最後に出てきた母親が、最も手際《てぎわ》が良かった。もう既に、ちゃんと消火器を手にしていたのだ。「どけ、やろべら（男ども）」

薄暗がりの中で、母親が腰をかがめて中腰になると、それまでずんどうのドラム缶のようだった母親のシルエットが、破棄処分にするべく上から荷重をかけてプレスしたドラム缶の形へと変わった。その半分潰《つぶ》れかけのドラム缶が、消火器のノズルの先を炎に向けて安全ピンを抜く。

ところがその消火器は安物だったのか、それとも古かったのか、あるいはその両方だったのだろう。何とその安全ピンが、ぽきりと途中で折れてしまった。

これではレバーが引けない――。

さすがの母親も、真ん中で二つに折れた安全ピンを眺め、信じられないという顔をしている。

鎖に繋がれたツンコに、今にも火の粉が降りかかろうとしている。ツンコは断末魔の悲鳴のような声を出した。

「水だ水！」

茫然《ぼうぜん》としていた父親が我に返って叫び、家の中に駆け込んだ。僕もその後を追った。

「バケツどこだバケツ」台所の水道を全開にしながら父親が叫ぶ。

「知らないよ！」

「バケツの場所ぐらい把握《はあく》してろこのひょうろぎ野郎！」

い、い、ひょうろぎ野郎って一体何？　と訊き返したかったが、とりあえず今はそれどころではない。僕は風呂場《ふろば》に駆け込んだ。

だがバケツはどこにも見当たらない。

仕方無くプラスティック製の洗面器を持って行くと、待っていた父親が苛々しながらそれをふんだくり、全開にした水道の蛇口の下に置いた。

だが水の下に入れた角度が悪かったのだろう、水は洗面器の底から側面に沿って勢いよく跳ね返ると、父親の顔を直撃した。

「うぷっ！」

上半身ずぶ濡《ぬ》れになった父親が、世にも汚い言葉で洗面器を罵《ののし》りはじめた時、外で物凄《ものすご》い音がした。

まるで仕掛けられた爆弾が爆発したかのような音だった。

おそるおそる外に出て見ると、そこには生まれてこの方、一度も見たことのない光景が広がっていた。まるで一瞬にして家ごと摩周湖畔《ましゅうこはん》にでもテレポーテーションしたかのように、あたり一面、見渡す限りの真っ白い濃霧が立ち込めている。

その濃霧の中からまるで幽鬼のように、上から下まで全身白い泡まみれのドラム缶が現れた。その後ろではツンコもまた泡まみれで全身をぶるぶる震わせている。

物置小屋の火は消えていた。

「ブロックの端《はし》でぶっただいたら、急に出やがってこいつ！　このクソ消火器！　やじゃがね（役立たず）！　ばっこ野郎！」

母親が地面に転がっている消火器を蹴飛《けと》ばしながら、それから十分以上、世にも汚い言葉で、勝手に爆発して噴射した消火器を罵倒し続けた。

父親が一一〇番すると、夜中にもかかわらず派出所から警官が二人やって来た。中年と若い警官の二人組だったが、若い方の警官は、そのまま映画俳優になれそうな二枚目で、それを見た途端、さっきまでドスの効いた声で罵倒の限りを尽くしていた母親の質問に答える声のトーンが、一オクターブ近く跳ね上がった。

警官たちは簡単な現場検証を行い、うーん、これは放火の疑いが強いですねえと言った。

「え、放火ですか？」母親が信じられない、という表情をした。

「なにしろ火の気の全くないところですからねえ。それに最近市内で何件か続けて起きているんですよ」

「まあ怖い」

「まあ同一犯かどうかはまだわかりませんけどね。どうですか、何か人に恨まれるような心当たりはありませんか？」

「恨まれるだなんて、うちに限ってはそんなこと」

母親が口では否定しながらも、猜疑心《さいぎしん》に満ちた目で父親を凝《じ》っと見つめた。父親は気まずそうに目を逸らした。

「でも放火なら、どうして物置小屋なんかにしたんでしょう」

母親が警官の方を向き直って続ける。

「恐らく少しでも発見を遅らせるためでしょうね」

若い警官がはきはきと答えた。

「その方が被害を拡大できると考えるんです。そういう連中はね」

「まあ恐《こわ》い。そんなひどいこと考える人がいるなんて、信じられないですわ♡」

潰れかけのドラム缶が、少女マンガの内気なヒロインのように、口の前で手の甲を外側に向けて軽く握り、こぶしの小指側同士をつんつんと合わせた。

父親が、もっと信じられないのはお前のそのポーズだという顔でドラム缶を見た。

「でも犬を飼っていて良かったですね。犬が吠えて知らせてくれなかったら、発見が遅れて、そのまま母家の方にも燃え移っていたかも知れませんよ」

「ほ、ほんとですわ！　このクソガ、いやこの子の情操教育のために飼っているんですけど、本当に飼っていて良かったですわ！」

今度は僕が信じられないという顔で母親を見た。

「ほんとうに賢い犬ですの。ツンコと言うんですの」

「はあ、そうですか」

「血統書付きなんですよ。ほら、やっぱりそれぞれの家には、家柄にふさわしい犬ってものがありますでしょ？」

「はあ。そう……ですね……」

若い警官は少し困惑した顔で答えた。

「では今度は是非《ぜひ》、放火犯が火を点《つ》ける前に吠えて欲しいものですな」

話が長くなるのを警戒したのだろう、年配の方の警官がそう言って、若い警官に撤収を促《うなが》した。

「夜が明けたら改めて本格的な現場検証を行いますので、それまで現場には立ち入らないように願います。もちろん何か不審な人物やものを見つけたら、ただちにご一報ください」

警官二人は去る前に、黒い靴の踵《かかと》を、ぱしんとぶつけて揃えて挙礼した。

「かっこ良かったわねえ、あの最後のぱしっ、とやるやつ」

警官たちが帰ったあと、母親が夢見る少女のような瞳《ひとみ》でうっとりと言うと、父親は露骨に対抗意識を燃やした。

「あっだなもの、俺にだってできる」

そう言いながら警官たちの真似《まね》をしてその場で両足の踵をびしっと合わせたが、そのまま涙目になり、うううと言いながら畳の上にうずくまった。

どうやら魚《うお》の目《め》を思い切りぶつけたらしかった。

「ねえさっき、ツンコを飼っていて良かったって言ったよね」

そのどさくさを突いて僕が言うと、両親は黙って顔を見合わせた。

6

「これは放火じゃないんですか?」

朝になると、石山さんがやって来て言った。

改めて朝の光の下で見ると、焼けた跡はより黒々と、生々しく見えた。

「警察の人もその疑いがあるって言ってました」

寝不足の母親が、欠伸をこらえながら答える。頭のカーラーを一つ取り忘れている。パーマ代を節約するため、母親は毎晩カーラーをいくつも巻いて寝るのが常だったが、巻き方が下手なのか、朝起きるとその頭はいつも鳥の巣みたいになっていた。

「放火する奴ってのは、火を点ける直前の緊張感や興奮がたまらないらしいですね。中には火を見ながら思わずシャセイする奴もいるとか。ですから私は前々から思っているのですが、警察は火事を見物している野次馬たちを全員捕まえて、片っ端《かたっぱし》からズボンを脱がせてみれば、犯人なんてたちどころにわかるんじゃないかと」

「ちょ、ちょっと石山さん、子供の前で一体何を」

「あ、これは私としたことが失礼しました」

石山さんはしまった、という顔で軽く頭を下げた。

「シャセイって何？」

僕が横から尋ねると、石山さんは困った顔になり、慌てて言葉を継いだ。

「ほらあの絵を描《か》くときに言うでしょう、よく観察して写すこと。あれですよあれ」

「へえーそうなんだ」

ボケナス小僧はあっさりと誤魔化《ごまか》されたが、石山さんは母親の冷たい視線から逃《のが》れるように早足で去って行った。

「うわあ、これはひどいですねえ」

石山さんと入れ替わるように、やはり近所に住んでいる田沼《たぬま》さんがやって来た。こちらは四十歳前後の独身で、農機具のセールスマンをやっている。普通のサラリーマンとは休日がずれていて、休みの日には近所のお稲荷《いなり》さんの掃除や町内の廃品回収、側溝《そっこう》のドブさらいなど、近隣所《きんりんじょ》の仕事にも率先して参加してよく働くので、町内会ではちょっとした人気者だった。

「あれえっ？　奥さん、頭にカーラーついてますよ！」

「えっ！」

母親は頭の後ろに手をやって、慌ててカーラーを外した。

「でもカーラーつけた奥さんも素敵ですね。いやー旦那《だんな》さんが羨《うらや》ましい」

「もう、田沼さんったら。からかわないで下さいよぉ」

母親が括《くび》れのない腰を精一杯くねらせた。

一部始終を聞いた田沼さんは、憮《ぞ》っとした顔をした。

「昨夜は風が強かったですからねぇ。奥さんが早目に消し止めてくれなかったら、ウチだって危なかったかも知れませんね」

「私は消火器を操作しただけで、別に何もしていませんよ」

母親が珍しく謙遜《けんそん》した。元々田沼さんと話す時はやはり声が一オクターブ上がるのだが、今日はさらに上がって一オクターブ半近くになっている。

「いや奥さん、咄嗟《とっさ》の時に消火器を上手に操作できるだけで大したものですよ」

「いえいえ、実はツンコのお蔭《かげ》なんですよ。この子が吠えてくれなかったら、物置小屋が燃えているのに誰も気がつかないまま、母家の方に燃え移っていたかも知れませんから」

母親がツンコの頭を珍しく撫でながら言った。

「へーえ。それじゃあある意味このワンちゃんが、我々みんなの命を救ったと言うこともできるわけですね。大したもんだ」

田沼さんは尊敬のまなざしでツンコを見た。

小屋のまわりには昨夜の警官たちによって一応黄色いテープが張られていたが、かと言ってその前に見張りの警官が立っているわけでもなく、そのテープの下を野良猫《のらねこ》が勝手に潜って焼け焦げたあたりをうろつき回ったり、スプレー状の尿をひっかけたりしており、それをツンコがまた、難破船の残骸のような犬小屋の床にちょこんと蹲《うずくま》って、吠えもせずに無気力に眺めている。これじゃ犯人はきっと捕まらないだろうなぁと僕は子供心に思った。

そのくせ一〇時頃に県警が改めてやって来て現場検証をはじめる段になると、新たにやって来た県警の刑事に対して、キャンキャンと吠えまくる。

「どうしてその声を、犯人が火を点けようとしている時に出せなかったかなー」

昨夜も来た年配の警官が苦笑いしながら言うと、母親は今日はあの若い二枚目の警官が

いないので思い切り地を出して、

「すいません。バカ犬なんです」

と掌《てのひら》を返したように一緒になってツンコを罵っている。

一方その年配の警官には全く吠えないばかりか、現場検証のあいだずっと近くで尻尾を振り続け、あろうことか鎖が届く範囲内に入ると、遂《つい》には後《うし》ろ肢《あし》二本で立って、その足に抱き付くようにしながら腰をカクカク前後に動かしたりする。価値基準が全くわからない。

「こんなに好かれたのは、人生で初めてだなあ。でも奥さんこの犬、番犬として大丈夫ですか?」

年配の警官は苦笑いした。

「すみません、バカ犬なんです」

7

しかし、とりあえずこの日を境に、その後ぱったりと保健所の話は出なくなった。自分たちの命を救った——少なくとも被害を最小限に食い止めた——ツンコを殺処分にすることは、テーブルクロスにこびりついたまま、かちかちに固まった三年前の烏賊《いか》の煮汁よりも腹黒いあの両親でも、さすがに良心が咎《とが》めることだったのだろう。

だが両親のツンコに対する評価はあいかわらず低いままだった。

「考えてみっど、犯人が火を点けるまでツンコ何してでだんだべ」

「寝てたんだべ。んねがったら、火点けるところただ見物してでだんだべ」

「役に立たねな」

「所詮《しょせん》はツンコだからな」

そしてツンコ自身、自分がそんな大それたことをしたという意識は微塵《みじん》も持っていない様子で、その後また一段と崩壊が進み、今やカンブリア紀の奇妙な生物の骨格標本みたいになっている小屋の中で、ちょこんと前肢を折り曲げて座っているだけである。

身体にノミがいるのか背中を丸め、肢で上から下まで全身隈《くま》なく掻《か》きながら、ひねりすぎて筋でも痛めたのか、次の日は一日じゅう逆方向に身体を伸ばしている。

後ろの二本肢で立って、飛んでいるモンシロチョウにちょっかいを出そうとするが、完全に舐められているのか、濡れた鼻先に止まられる。払いのけようとして、自分で自分の鼻面を殴ってグロッキー状態になる。

散歩の最中も、小便をするために立ち止まった電柱の前で、突然自分の尻尾に興味を抱《いだ》いたらしく、尻尾を追い掛けて電柱のまわりをくるくる回る。当然首輪の鎖で首が絞まってしまい、ぐぐぐと一人勝手に苦しむ。

やはりバカ犬ではないのか——そんな疑惑が日増しに深まって来る。

特に母親の不興を買ったのは、その現金な性格である。

いつでもどこでも、僕を見つけると尻尾を振って大騒ぎするくせに、一切散歩に連れて行かない母親が出てきた時は、ズボラを決め込んで犬小屋から出てこない。

だがその母親がエサを持っている時は、一目散に駆け寄って来る。

「このやろ、ずいぶん調子いい犬コロだなあ」

「まあ、でも、はっきりしていて可愛いじゃない」

僕はなんとかフォローしようとしたが無理だった。

「自分の都合のいい時だけ愛想良くて、どうでもよくなると掌返したようになんのは、おやんつぁんと一緒だな」

チンドン屋の姿を見かけると、子供たちは遊びをすぐにやめてその後をついて行く。僕もツンコを連れてついて行くが、いつも陸橋の上でツンコが吠えて見つかってしまい、みんなに白い目で見られる。

そんなある日のこと、僕とツンコは父親に連れられて競馬場に行った。

実は当初の行き先は別だった。休日に父親が珍しく遊園地に連れて行ってやると言い出したので、喜び勇んで家を出たのだが、家を出た途端に父親がその赭ら顔を近づけて来て、遊園地はやめて競馬場に行こう、その代わりおかちゃんには遊園地に行ったと口裏を合わせてくれれば二〇〇円やるぞと言って来たのである。当時の小学生にとって二〇〇円とは、日本の国家予算ってそれくらいだよね、というくらいの大金で、僕は二つ返事でその話に乗ったのだった。

「競馬って、そんなに面白いの？」

片手にツンコの鎖を握り、並んで歩きながら訊くと、作戦の成功に上機嫌の父親が答えた。

「ああ、面白いよ。まあガキには、あの面白さはわかるめえ」

父親と話すのは久しぶりだった。僕は訊いた。「ねえ、ひょうろぎ野郎って、何？」

「あ？」

「ひょうろぎ野郎だよ。あの火事になった夜に、僕に向かって言ったじゃない」

「そんなこと言ったのか、俺が？」

本当に憶《おぼ》えていないらしく、父親は目を丸くした。

「言ったよ」

「そうか、言ったのか……」父親は反省するかのように首をちょっと竦めたが、やがて真実は枉《ま》げられないと考えたらしく、ゆっくりと口を開いた。「あのな、正月に食うおせち料理に入っているだろ、真っ赤でぐねぐねしていて酸《す》っぱいやつ」

「あの、ネジみたいになっているやつ？」

「そうだ。あれがひょうろぎだ。お前、あれ好きか？」

「ううん」

僕は首を横に振った。後日あれは標準語で草石蚕《ちょろぎ》と言うものであることを知ったが、もちろんこの時はそんなことはわからなかった。

「俺も嫌いだ。何であんな不味《まず》いものをおせち料理に入れるのかわからん」

「うん」

「で、大概《たいがい》の人間は同じことを思っているらしく、おせちの重箱の中で、あれだけいつまでも残ってる。だから出来損《できそこ》ないのずぐすけのばっこ野郎の中でも、とりわけ出来損ないのずぐすけでげっぺのばっこ野郎のことを、ひょうろぎ野郎と言うのさ」

「なーるほど」

僕は教えてもらえたことが嬉しくて、ひょうろぎ野郎ひょうろぎ野郎と、適当な節をつけて何度も口ずさんだ。そんな僕の姿を見て父親は、自分の顳顬《こめかみ》の近くで人差し指を立ててくるくる回し、それから掌を開いた。何を一人でジャンケンをやっているのだろうと僕は不思議に思った。

その間ツンコは、散歩の時間がいつもより長いことに満足しつつ、だけどそれならそうと初めに言ってくれれば、小便の量を加減しましたのにと言わんばかりの顔で、電柱があるたびにもう一滴も出ないのに毎回律儀《りちぎ》に片足を上げていたが、相変わらず注意力散漫なので、一度など入門したての序二段力士の四股《しこ》のようにバランスを崩し、後ろにコテンとひっくり返ったりした。

そうこうしているうちに競馬場に着いた。犬は入場禁止と言われたので、仕方なく入場ゲートの外の柵《さく》にツンコを繋いだ。

実際に見た競馬場は、面白いなんてもんじゃなかった。僕は天然の芝の美しさや馬たちの毛並み、顔の斑《はん》の違いなどに夢中になり、父親が予想新聞とにらめっこしながら赤エンピツ片手にうんうん唸《うな》っている間も、一秒たりとも横でじっとしていることができなかった。

「ねえ、ちょっと一人で歩いて来てもいい？」

父親はちらりと腕時計に視線をやり、すぐに予想新聞に戻して答えた。

「四時半までにはここに戻ってこいよ」

「いま何時？」

「おやじ」

僕は返事もせずに走り出した。

そして一人でパドックや厩舎《きゅうしゃ》を見て歩くうちに僕は、全宇宙を震撼《しんかん》させるような、とある重大な真実に到達したのだった！

ツンコは散歩の途中に片足を上げて小便しながらも、その途中で見目麗《みめうるわ》しい雌犬《めすいぬ》の姿でも見掛けようものなら、直ちにそちらに気を取られる。即座に走り出そうとするものの、小便は途中なので、アスファルトの道路上にぼたぼた垂れ流す。

だがフンは、必ず一箇所で止まってする。だが何と言うことだろう、馬は走りながらばっこ、いやフンをしているではないか！

さらに愕《おどろ》くべきことに、何と小便は止まった時にするのである。全くの逆である！

犬と馬では、何か身体の構造において決定的な違いがあるのだろうか——？

これまで学校の先生をはじめ誰《だれ》一人として、こんなことを教えてくれた人はいない。教科書でも本でももちろん読んだことはない。あるいはこのことに気付いたのは、世界で僕が一番最初なのではないのだろうか？

これは間違いなくノーベル賞級の発見だと思ったひょうろぎ野郎は、父親のところに走って帰ると、息せき切ってその発見を父親に話した。

「ほう。ほいずはなかなか面白いところに気付いたな」

赤鉛筆を耳に挟みながら、父親はうれしそうに僕の顔を見た。

「さすがは俺の息子だ。お前には観察眼がある。そこら辺のボケナス小僧とは、目の付けどころが違う」

「ぼくはできそこないのばっこ野郎じゃなかったの？」

すると父親は、ばつが悪そうに顔を顰《しか》めた。

「あれは火事で気が動転しているときに、咄嗟に口から出ただけだ。お前は確かに見かけはウスラバ、いや他の子供たちに比べて多少発育が遅いように見えるが、本当は優秀に決まっているんだ。何と言ったって俺の息子なんだからな。そこらへんのめろずとは、そもそもの出来が違う」

「どうしてぼくの学校での渾名《あだな》を知っているの？」

「ん？」すると父親の顔色がさっと変わった。「お前ひょっとして、学校でめろずと呼ばれているのか」

「うん」僕は大きく頷《うなず》いた。

「どうしてそんなこと、言わせているんだ」

「意味がわかんないんだけど、たぶんケンカが一番弱いからじゃない？」

父親は黙り込んだ。

「ねえめろずって、そもそもどういう意味なの？」

父親が返事をしないので、僕は質問を変えた。

「ケンカが強くなるには、どうしたら良いの？」

「格闘技でもやれこのひょうろぎ野郎」

父親はあっさり気を取り直して言った。

「それってどうやって始めるの？　道場とかに通うの？」

「そんなところに行ったら月謝がかかるだろ馬鹿。学校の部活でやれ部活で」

「ねえ、それはそうとどうして馬は走りながらフンをして、おしっこは止まってするの？どうして馬と犬では逆なの？」

僕の顔をしばらく黙って見つめていた父親は、突然名案を思いついたかのようにポン、と手を叩《たた》いた。「そうだ。いつかお前がそれを明らかにしろ！」

「ぼくが？」

「ああ。それはお前が一生を費やして研究するのに値いするテーマだ」

僕はしょっちゅう会社をさぼっては、昼間からステテコ姿でゴロ寝している父親が、〈テーマ〉などというハイカラな言葉を使ったことに愕いた。

「でもぼくは……研究なんかに一生を使うのはいやだなあ」

「じゃあ、何に使うんだ」

「わかんないよ、そんなの！　だってこの先、どんなに面白いことがあるか、わからないじゃないか！」

するとその途端、予想だにしなかったことが起こった。競馬でどれだけすってんてんに負けようが、浮気がバレて母親にネチネチと罵られようが、これまで一度たりとも反省の色など見せたことのないあの父親が、突然がくりと肩を落としたのだ。

僕はそれを見て子供心に、自分がものすごくひどいことを言ってしまったのかと罪悪感にかられた。だが自分の言葉のどこが父親をそんなに傷つけたのか、それは皆目見当もつかなかった。

やがて父親はゆっくりと首を振ると、ポケットから分厚いハズレ馬券を出し、それを真っ二つに破り捨て、吹く風に散らしながら言った。

「ガキの頃《ころ》は、俺もそんな風に思っていたもんだなあ」

Ⅱ

1

学校の帰り道、道端や畑の野菜の葉の蔭《かげ》などに、清涼飲料水の空き瓶を見つけようものなら、みな一斉に走り出して競争になる。デポジット制になっていて、店に持って行くと一〇円貰《もら》えたからだ。当時の僕等にとって一〇円は、ロマノフ朝の遺産ってそれくらいだよねというくらいの大金で、中には店の裏の空き瓶のケースから瓶を取って、素知らぬ顔で表に持って行き小遣いをせしめている連中もいたが、あんまり一日に何度も来るので不審に思った店のオヤジに現場を押さえられ、親を呼ばれていた。

一方ツンコは朝から僕が学校から帰るのを、一日じゅう熟《じ》っと待っている。用事で僕の帰宅が遅くなった日など、先に帰った友達の話によると、僕の姿が見えないうちから学校の方角を見つめては、ちょっとの物音でぴょんぴょん飛び跳ねたり、がっかりしたように地面に転がったりを繰り返しているらしい。

一度でもそんな話を聞いてしまうと、今日は雨が降っているし、見たいテレビもあるし、散歩は面倒だなあと思っていても、早く早くと急《せ》かされるままに、ランドセルだけ置いて一緒に走り出すということになる。

逆に玄関先で愚図愚図《ぐずぐず》していると、ツンコはあれ？　おかしいな？　散歩じゃないのかな？　と露骨に不安そうな顔をする。千切れるくらい激しく尻尾《しっぽ》を振ったまま、この世の終わりが来たかのような絶望感を目に湛《たた》えながら立ち尽くす。僕が顔を覗《のぞ》かせると、はっはっとよだれを垂らしながら、一心不乱にじゃれついて来る。

僕が投げた木の棒切れを、銜《くわ》えて戻って来ることをようやく憶《おぼ》えたのは良いのだが、今度はこの世の中にこれ以上に楽しいことは何もないとばかりに、こちらがもう飽きているのにも拘《かか》わらず、四六時中棒切れを口に銜えて、投げて欲しそうな顔で擦《す》り寄って来る。

散歩をさせている途中で学校の友達と会うことも当然ある。

「おいめろず、野球やろうぜ。人数足りねえんだ」

「うん、でもツンコの散歩中だから」

「ちっ。あいかわらず使えねえな、このやじゃがね」

小便の途中で雌犬《めすいぬ》に出会うと走りながら洩《も》らすのはあいかわらずだが、犬心にも少しはみっともないと思うようになったのか、やっぱりきちんと済ませてからにしようと次の電柱の前で再び片足をぴんと上げる。だがその間にも雌犬との距離がどんどん開いてしまうことに気づいて、また突然走りはじめる。だが依然として注意力は散漫なので、自分の首輪を繋《つな》いでいる鎖に足をひっかけてコケそうになる。時にはそのままたたらを踏んで、土俵際《ようぎわ》ではたきこみを食らったアンコ型の力士のように、頭から道の側溝に転がり落ちる。側溝から這《は》い上がって来たころには、見目麗《みめうるわ》しい雌犬の姿など当然もうどこにもなく、悲しそうな顔で僕を見つめる。

それから突然全身を脱水機のように震わせて、目の前にいる飼主に、側溝の汚水を思い切りひっかける。

叱《しか》り付けると、キャインと済まなそうな声を一声出すものの、すぐに気を取り直して、もう一度片足を上げて残尿をしっかりと出す。

しかしその貴重な己《おのれ》の小便が、アスファルトの上をゆっくりと流れて、さきほど自分が落ちた側溝に注いで行くのを、今度は北欧の哲学者のような憂愁に満ちた顔で見つめる。かと思うと、とりあえず小便をし終えたことに満足したのか、尻《しり》をふるふると顫《ふる》わせる。全くもって、落ち着きのないことおびただしい——。

2

冬がやって来たが、どんなに雪が降ろうとも、どんなに北風が吹きすさぼうとも、父親はツンコを家の中に入れようとはしなかった。

「ツンコのためだ。一晩でも家の中で寝かせたら、癖がついてしまって、もう外では飼えなくなる」父親が腕組みしながら続ける。「そうなったら、番犬としての価値はゼロになる。ウチは何の役にも立たないペットを飼っておく余裕はない。ツンコを処分するしかなくなる」

僕は父親がこれまでツンコに、番犬としての価値を認めていたことを知ってびっくりした。

実際ツンコは、雪が降っても寒そうな様子は微塵《みじん》も見せない。元々スピッツとはシベリア産のサモエード犬の小型種なので、寒さには強いらしいのだ。大雪の夜などに玄関の内側に立つと、凛々《りり》しくすっくと立つ黒い影が、雪明かりで白くなっている磨《す》り硝子《ガラス》越しに眺められた。

「ねえ、ツンコをちゃんと調教しようよ」

ある日純真な息子は提案した。調教に成功し、立ち居振る舞いは勿論《もちろん》のこと、顔つきまで怜悧《れいり》に変わったツンコの姿を想像しながら――。

「もう遅い」だが父親の答えはそっけなかった。「あれは仔犬《こいぬ》のころからやんねえとダメだ」

「でも今からでも、やらないよりはきっとマシだよ」

だがその日父親は何故《なぜ》か非常に機嫌が悪かった。

「うるせえ、めろず小僧！　めろずってのは、めろっとしたずだ！　一人前の口を利くなら、お前が仕込め！」

そう言って、くるりと背中を向けた。

めろっとしたず、と言われても、何のことやらさっぱりわからないが、どちらにしてもロクな意味とは思えない。そのめろず小僧に犬の調教の仕方なんて当然わかるわけがなく、いろいろ試してみたが、やり方がまずいのか〈お手〉すら覚えない。〈おすわり〉なども
ってのの外、〈おあずけ〉に到っては、その概念すら理解しない。エサの入った容《い》れ物《もの》がすぐそこにあるのに、何で寄越さないんだこのやろうと、首輪ごと鎖を引っ張るだけである。

結局両手に引《ひ》っ掻《か》き傷を幾つも作りながら、僕が何とか教え込むことができたのは、〈お手〉だけだった。

3

長かった冬が終わり春が来ると、我が家では、困ったことが起きるようになった。

ツンコが時々逃亡を図るようになったのだ。

一度目は老朽《ろうきゅう》化していた首輪が勝手に外れたものだったが、二度目は僕が散歩に連れて

行こうと鎖を外した一瞬の隙《すき》をついて逃げ出したのだった。

散歩の時間が短かった日の夜は、必ず遠吠《とおぼ》えをする。

遠吠えがはじまると、母親が玄関脇《わき》の小窓を開けて大声で怒鳴る。

「やかましい！　このスケベ犬！　べっちょ犬！　おやんつぁんと一緒だな！」

母親の方がよっぽど近所迷惑な気がする。

「どうしてツンコがスケベなの？」

めろず小僧は、ツンコが異性を求めて逃げ出しているということすら理解していなかったのだ。

すると母親は答えた。「おやんつぁんに訊《き》け」

そこで父親に同じ質問をぶつけてみたところ、こう答えた。「おかちゃんに訊け」

ツンコの遠吠えが、殊《こと》の外《ほか》うるさかったある夜のこと。母親が痺《しび》れを切らしたように言い出した。

「まったく、あのべっちょ犬！　色気づきやがってうるせえな！　いっそのこと、犬のコンクールにでも出してやっぺか？」

例によって普通の新聞の間に競馬新聞を挟んで読んでいた父親は、それを聞くや否《いな》や、ダルマのようにそのまま後ろにひっくり返った。

「気でも狂ったか？　あのバカ犬をコンクールに？」

「良家の子女と知り合うかも知れんべ」

「なるほど。でも恥かくだけんねべか」

起き上がり小法師《こぼし》のように元の体勢に戻りながら答える。

「馬子《まご》にも衣裳《いしょう》って言うべ。母犬はいちおう純血の犬だったんだから、綺麗《きれい》に洗って新品の首輪でもつけてやったら、それなりにごまかせるんでねえの」

「んでもツンコはツンコだべ」

「大丈夫だ。コンクールでは頭の中身まではわからねべ。ほいで高いメス犬のガキが生まれたら、半分もらって売りさばくのよー。あいつはバカだげんと、母親が血統書付きの犬だったら、仔犬もきっと高く売れっべ。もちろん今度は、血統書のコピーもちゃんと付けてやんのよー」

「おお！　お前はなしてほだい頭が良いんだ！」

「あたしは子供の頃《ころ》には、神童って言わっでいたのさ」

母親は鼻高々に言った。

「べっちょって何？」

「おなごのあそこだこのめろず野郎！」

このコンクールナンパ案は一見妙案に思え、両親は一時かなり乗り気だったのだが、いつの間にか立ち消えになった。どうやらコンクールに出るのには登録料が要《い》ることが判明したからしい。

4

近所の家が夏の間に次々と建て替えを行うことになり、店子《たなこ》だった石山さん、それから続いて田沼さんも引っ越して行った。このところ年々町全体の冬の積雪量が増えており、もし次に豪雪の年があったら、今のままでは倒壊の危険性があるというのだ。空気を一切読まなかった石山さんはさておき、よく働く人気者の田沼さんが引っ越して行くのを、母親は非常に残念がっていた。

やがて秋になり、我が家にやって来て一年半近くが経過したあたりで、ツンコの体がみるみる大きくなり、完全な成犬になった。

例のカンブリア紀の奇妙な生物の骨格標本のような犬小屋では、さすがにいっぱいいっぱいである。仔犬の頃は小屋の格子《こうし》に鎖を繋いでおくだけでよかったのだが、今ではともすると、犬小屋ごと引きずって移動できてしまう。

逃げ出して戻って来た日は夜の遠吠えもしないし、さらにひょっとしたら外でエサにありつくかも知れず、そうなったらたまに逃げ出す分にはエサ代も浮いて一石二鳥というのが、過去五年間一度も洗濯しなかったズック靴に生えたカビよりも腹黒い両親の考え方だったが、町中を犬小屋を引きずって歩いている姿はさすがにみっともないと考えたのだろう、早急に何とかしなければということになった。

そして次の日僕が学校から帰ると、骨格標本のような犬小屋の上に、トタンを切った屋根が載っており、さらにその上には大きな沢庵《たくあん》石が幾つも載せられていた。石の重量のおかげで、ツンコが全力で小屋を引っ張っても、せいぜい数十センチ移動させるのが関の山である。

「どうだ、いい案だべ。あたしは子供の頃から、神童って呼ばれていたからな」

寸胴《ずんどう》の聞き間違いかと思ったが、母親は鼻高々だ。

大小さまざまな石が龍安寺《りょうあんじ》の石庭《せきてい》のように置かれている犬小屋の下で、ツンコがちょんと前肢《まえあし》を畳んで座っている姿はまるで一幅の絵のようで、道行く人はみな、滅多に見られない良いものを見たように瞳《ひとみ》に感動の色を罩《こ》めて、我が家の前を通り過ぎて行くのだった。

その日は朝から珍しく母親がフル稼働していた。

きっと十二月だったからだ。普段はぐうたらを絵に描《か》いたような母親だが、年末は年に一、二の高い稼働率を誇るのだ。

家じゅうの障子を玄関先に出して並べる。

娯楽の少ない田舎《いなか》の子供たちにとって、この年末の障子の張り替えは一大イベントだった。普段はちょっと穴を開けただけでこっぴどく叱られる障子の紙を、その日だけは、張り替える前に、大っぴらに穴を開けたり破ったりできるからである。

「ねえ、これ破っていい？」

その日も僕は、確認してから上から下まで順番に、指の先でぶすぶすと穴を開け、握《にぎ》り拳《こぶし》でばりっと破り、肘打《ひじう》ちでずぼずぼ破って行った。

こうして穴だらけになった障子を刀自《とじ》たちがホースの水で丁寧に洗い流し、桟《さん》だけになった障子を天日に干す姿が、年末は町の到る所で眺められた。その後乾いた桟から順々に刷毛《はけ》で糊《のり》を塗り、新しい障子紙を貼《は》って行く。貼り終わった障子は、真っ白い巨大な凧《たこ》のように再び天日の下に干され、田舎のクソガキたちは、貼られたばかりの新しい障子紙をまたすぐに破りたい衝動にかられながら、じっと我慢して眺めているのだった。

ひょうろぎ野郎は大いにはしゃぎ、母親は黙々と作業を続けていた。

ツンコが沢庵石を満載した小屋ごと、音もなくじりじりと近づいていることには、ひょうろぎ野郎もドラム缶も気付いていなかった。

「このバカ犬！　ほっだなもの食うんでねえ！」

刷毛を片手に怒鳴るドラム缶の声に振りかえると、何とツンコが洗面器に頭を突っ込んで、中の糊をわしわしと食べていた。僕はあわてて飛んで行ってツンコの鎖を引っ張った。

それにしても、糊を食うほど腹が減っていたのだろうか？

「ツンコにエサあげた？」

母親は仏頂面《ぶっちょうづら》で作業を続けながら答えた。「そう言えば三日前からやってねな」

「うそ！」

「バカ、冗談だ。今朝もちゃんとやった」

母親は思い切り機嫌が悪い。あるいは半分近く食われてしまった残りの糊で、残る障子を貼れるかどうかの計算に頭を悩ませていたのかも知れない。

「でも障子の糊なんか食べて大丈夫なのかな」

「構うことね。糊はデンプンだ。元をただせばゴハン粒みてえなもんだ」

そんな大雑把《おおざっぱ》なものだろうか？　それにいくらデンプンといえども、食べた量が尋常ではない。本当に大丈夫なのだろうか？

すると案の定、ツンコが苦しそうな様子を見せはじめた。頭が地面に着くほど項垂《うなだ》れる。かと思うと次の瞬間、はっはっと苦しそうに息を吐きながら上体を反らす。

ひょうろぎ野郎は一生懸命考え、とりあえず水を大量に汲《く》んできて飲ませることにした。この時ひょうろぎ野郎のスーパーコンピューター並の頭脳の中では、〈糊は時間が経《た》つと固まってしまう↓万が一ツンコの体内で固まったら大変↓とりあえず水を飲ませれば糊は薄まるだろう〉という完璧《かんぺき》な論理が展開されていたのだった。

ツンコは咽喉《いんこう》をぐびぐび言わせながら、大量の水をまたたくまに飲み干した。

だが飲み終わると再び項垂れて、再び低い声でうーうーうーと唸《うな》りはじめた。

僕は真っ青になった。水を飲ませたことが、かえって拙《まず》かったのだろうか？

母親は黙々と作業を続けている。ひょうろぎ野郎はその岩のような背中に向かって叫んだ。「大変だ！　ツンコ死んじゃうよ！」

「死なね、ほっだなことで」

ドラム缶はこちらを振り向きもしない。

「ねえ！　このままじゃあ、ツンコが死んじゃうよ！　獣医《じゅうい》さんを呼ぼうよ！」

それでも懸命に訴え続けると、さすがのドラム缶も刷毛を置いてこちらにやって来た。

「どれ。見せてみろ」

だが犬でも、いや犬だからこそ、人間の機嫌の善《よ》し悪《あ》しには敏感に反応するのだろう。

それまではっはと短く苦しそうな息を吐きながら蹲《うずくま》っていたツンコは、母親の不機嫌な顔を見るや否や、まるで逃げるように立ち上がり、そのままそそくさと狭い犬小屋の中へ入って行った。

そしてツンコが蹲っていた場所には、ホカホカした糞《ふん》が残されていた。

――糞尿の話が多くて恐縮だが、およそ実際に動物を飼ったことのある人ならば、動物とは何よりもまず食物を摂取して排泄《はいせつ》する器官そのものであり、動物について語った文章でその排泄物に言及していないものは、整形した美女みたいな御都合主義であることを、きっとご理解頂けるものと信じている——。

　母親がバカ息子をじろりと一瞥《いちべつ》した。

　ボケナス小僧もさすがにいたたまれなくなり、障子貼りが全《すべ》て終わるまで、ツンコを散歩に連れて行くことに決めた。小屋に近づいてツンコの鎖を、沢庵石の載っている犬小屋から外す。

　すると小屋の中で多少なりとも反省の色を見せて蹲っていたツンコが、カタパルトでも付けたかのように勢い良く飛び出して来て、僕の手をすり抜けて一目散に逃げ出した。それまで大人しくしておいて一気に飛び出すのは、最近ツンコが逃げ出すときによく使う常套《じょうとう》手段だったのだが、油断していた僕はまんまとそれを許してしまったのだ。

　このまま逃走してくれたら、まだマシだっただろう。だがツンコなりに、たかが便意で大騒ぎさせた直後に逃亡しては申し訳ないと思ったのか、一〇メートルほど走ったところで、気が変わったかのように突然立ち止まると、また全速力で駆け戻って来た。そして既に張り終わって立て掛けてあった障子にぶつかって、がらがらと大音声《だいおんじょう》を立てながらそれをひっくり返した。けたたましい音と共に障子が崩れ、桟の何本かにヒビが入るような音がした。

　とうとう堪忍袋《かんにんぶくろ》の緒《お》が切れた母親は、恥の上塗りの如《ごと》く障子の下敷きになってもがいているツンコをひっぱり出して馬乗りになると、「このバカ犬！　ばっこ犬！　めろず犬！」と罵りながら、その頭をぽかすか撲《なぐ》った。

この時の正に夢のような美しい光景は、現在でもまるで昨日のことのように、鮮明に僕の脳裏に焼きついている。

Ⅲ

1

雪やこんこ　あられやこんこ。
降っても降っても　まだ降りやまぬ。
犬は喜び　庭駈《か》けまわり
猫は火燵《こたつ》で丸くなる。

ツンコがやって来て二度目の冬。

雪国。

血統書付きのスピッツの純白の毛並み。

白銀の世界に、百合《ゆり》の花のように白いツンコの毛並みは一層美しく映《は》え、あたりいちめんの銀世界を構成する——予定だった。

だが残念ながらツンコの場合は、雪が降ると何故《なぜ》か見ているこちらが恥ずかしい気分にさせられるのだった。

毛が微妙に薄汚いのである。

歌の文句通り、雪が降るとツンコははしゃぎ回る。あたりいちめん白銀の世界の中、自分ひとりが浮いた存在であることも知らず、大喜びでキャンキャン吠《ほ》えながら走りまわる一匹の犬。心の中ではその場に居合わせたみんなが、「何だかあいつ薄汚ねえなー」と思っているのだが、そんなことは露とも知らないツンコは、ここが我が人生最大の晴れ舞台とばかりに駆け回る。

腹黒い母親などは思い切りツンコを指さして、

「あいづ汚ねえごと」

と、自分が洗ってあげていないことを棚に上げて罵《ののし》っているのだが、そこは人語を解さない犬の悲しさ、指さされたツンコは、滅多に浴びない注目を浴びていると勘違いしているのか、余計に興奮して跳ね回る。人気絶頂と思い込んでいる純白の雪の上の大きな汚点《しみ》――。

さすがに可哀想《かわいそう》だと思った僕は、母親に苦言を呈した。

「ねえ、ツンコを洗ってあげようよ。仔犬《こいぬ》のころは、数日に一ぺんはシャボンで洗ってあげていたのに、最近は三週間に一ぺんぐらいしか洗ってあげてないじゃないか！」

「よし、んだら来年の春まで洗うの止《や》めっか。そしたら黒めろず犬にならねべが？」

母親は唇の端に意地悪そうな笑みを浮かべ、そんな恐ろしいことを口走った。

「ねえ、めろずって何なの？」

僕は気を取り直して訊《き》いた。いまだに正確な意味はわからないままだった。

「んだがら、ふにゃっとした惰弱なやろこをめろって言うんだ。ずには特に意味はね（無い）。わかたか（判ったか）、このげっぺ野郎！」

「げっぺって何？」

「最下位《げっぺ》、まあ要するに、一番だめってことだ」

「わかったから、ツンコ洗ってあげてよ！　僕はめろずでもげっぺでも構わないけど、ツンコはめろずじゃないよ！」

だが母親はくるりと背を向けた。「んだらお前自分で洗え！　ぐうたらなおやんつぁんの悪いところばっかり似やがって。少しは良いところも似ろ！」

それを聞いて僕は首を傾《かし》げた。

「だけど親父《おやじ》の良いところって、どこ？」

母親はしばし考えてから答えた。

「ね（無い）」

めろず小僧は仕方なく自分で洗う決心をした。めろずだってひょうろぎだって、やる時はやるということを見せてやろう。今日は僕が一人でツンコを洗って、かつての真綿のような純白の姿に戻してやろう！

秋口から急速に冷たくなる水道の蛇口は、初雪が降る頃から、常にほんの少し水が流れるようにハリガネで固定してある。うっかり蛇口を完全に閉めてしまうと、夜の間などに蛇口の中で水が凍ってしまい、水道管が破裂してしまうからだ。僕はちょろちょろと流れる冷たい水をバケツ一杯に溜《た》めて、ツンコのところへ運んだ。石鹸《せっけん》を片手に持ち、もう片手をバケツに入れる。たちまち小刀でぐしゃぐしゃに切りつけられたかのような痛みが手に走る。

その瞬間僕は、自分は確かにめろず小僧でひょうろぎ野郎だということを思い知った。確かにグータラしている時間も多い母親だが、それでも家事の時には真っ赤な指で包丁を握り、顔を顰《しか》めながら冷たい水で洗濯や拭《ふ》き掃除をしていたのだ。そんな母親の皹《あかぎれ》だらけの手のことを思った。冬のあいだ母親の皹は決して治らず、廊下の拭き掃除をしている時のバケツの水が、傷口から滲《にじ》み出す血で途中から薄赤色に染まるのを、僕はそれまで何度となく見ていたのだ。それなのに掃除は母親の仕事と勝手に決めつけて、手伝ったことなど一度もなかったのだ。

今日は何としても、最後まで自分一人で洗ってやろうと心に決めた。

水の冷たさと手の痛みに耐えながら、何とか石鹸を泡立て、ツンコの全身に隈《くま》なく塗りつけた。

それからバケツの水でシャボンを洗い流した。ツンコが全身を勢い良く震わせ、細かい飛沫《ひまつ》をあたりいちめんに飛ばした。もちろん僕の顔や服にも無数の冷たい飛沫が飛んで来て、僕は思わず目を瞑《つむ》った。

その目をゆっくりと開けた。目の前のツンコは、雪の中、さっきまでとはうって変わった純白の姿で――。

だが次の瞬間、僕は心底がっかりした。

白くない！

考えて見ると当たり前のことだった。あのお金持ちの家が飼っていた母犬は、確かに百合の花弁《はなびら》をも連想させる純白のスピッツだった。血統書も恐らく本当についていたのだろう。

だがこの町に純血のスピッツを飼っている家など他には一軒もないのだから、考えるまでもなくツンコの父親は、あの洋館の高い塀を乗り越えて思いを遂げた、文字通りどこかの馬の骨なわけである。これでツンコの毛が母親と同じく百合のような純白だったら、ずっとえんどう豆を眺めていた俺《おれ》の一生を返せと、メンデルが怒って生き返って来ることだろう。それでも仔犬の頃《ころ》は何とか誤魔化《ごまか》せていたが、成犬になって粗《あら》が目立って来たのだろう。それがわかっていたからあの金持ちの一家は、純血の母犬は連れて行きながらも、雑種の仔犬の方は惜しげもなく捨てて行ったのだろう——。

白銀《しろがね》に喜びかけだすスピッツの　お里の知れる初雪の日

これはこの時の光景に歌心を刺激されためろず小僧が、生まれてはじめて詠《よ》んだ短歌である。字数もそれっぽいし、季語だって入っているし、めろず小僧としてはかなりの自信作だったのだが、国語の〈短歌をつくってみよう〉の時間にこの歌を書いて提出したところ、担任の女教師からは、こっぴどく貶《けな》された。その女教師によると、何でも「いきものに対する優しいまなざしが感じられない」と言うのである。僕としてはツンコに対する最大限の親愛の情を籠《こ》めた歌のつもりだったので、この批判は大いに心外だった。

意気消沈しためろず小僧は、その日以来、二度と短歌を詠もうなどとは思わなかった。この瞬間僕の故郷は、第二の斎藤茂吉《さいとうもきち》を永遠に喪《うしな》ったのである。

さて話は変わってこれは初夏のこと、その日は珍しく母親が自発的にツンコを洗っていた。天気は快晴、気温は温暖、水道の水もひんやりと心地よく、ツンコを洗うのも気持ちの良い作業だったのだろう。

そして正に、あとは洗い流すだけという時にその事件は起こった。

あろうことか、断水になってしまったのである。当時断水や停電はさほど珍しいことではなかったが、まさかこのタイミングで――ツンコは全身シャボンまみれのまま、クウーンと鼻を鳴らし、目の前の母親を不安げに見つめている。蠅《はえ》取り紙にくっついたまま、干からびてはみ出した蠅の内臓よりも腹黒いその母親も、突然うんともすんとも言わなくなった水道のホースを見つめながら、さすがに困ったという表情をしている。

するとてんの恵みかはたまた神の御加護か、その時絶好のタイミングで雨が降り出した。しかも夏特有の、スコールのような夕立である。ツンコはそのまま気持ちよさそうに、天然のシャワーを浴びた。

それを見てひょうろぎ野郎も吻《ほ》っと胸を撫《な》で下ろした。一時はどうなることかと思ったけど、良かった良かった――。

まさかこのことが、後にもっと大きな悲劇を生むきっかけになろうとは、まだまだ人生経験の少ないひょうろぎ野郎には予想することができなかった。

もっと大きな悲劇――それはあの母親が、すっかり味を占《し》めてしまったことだ。それからツンコを洗う日は、雲行きが怪しい日に限るということに決まってしまったのである。

「丁度良いときに雨降んのは、あたしの普段の行いが良いからだべな」

そんなしなくても良い自慢までして、水道代と手間の両方を浮かそうという恐るべき策略の下、今にも雨が降りそうな雲行きのときを見計らって洗うのである。ツンコの首輪を押さえながら、石鹼をつけたタワシでゴシゴシこする。毛が長いからタワシでは洗いにくい筈《はず》なのだが、スポンジなどというハイカラなものを使う頭は母親にはない。洗い終わると雨を待つ。

だがもちろんいつも都合良く雨が降るとは限らない。当然のことながら、天気が回復することだってある。

今にも降り出しそうだった分厚く黯《くろ》い雲が突然途切れ、西洋人が天国への階段と名付けたバラ色の光芒《こうぼう》が天から降り注いで、あたり一面を輝かせるひととき——この地上のものすべてが美しく見えるその瞬間に、ただひとり困惑した顔で突っ立っている泡まみれの犬の姿。これほど崇高《すうこう》かつ悲劇的なものを、僕はその後の人生においても見たことがない。時よ止まれいま君は美しい——僕は水道のホースを取りに行くのも忘れて、しばしその姿に見惚《みと》れていたものである。

2

ある日を境に、僕はツンコの散歩に、毎日同じコースを通るようになった。

何のことはない。不純な動機だ。気になる女の子が出来たのだ。その彼女に偶然会うわずかな可能性を求めて、毎日その家の近くを通るのだ。

女の子の家が近づいて来ると、胸の鼓動が高鳴って来る。もし彼女と会ったとしても、

「犬の散歩なんだ」の一言を免罪符《めんざいふ》のように呟《つぶや》いて、走り去るだけだとわかっているのに――。

家が見えて来るとどんどん足が速くなるが、早く着こうとしてではない。早く通り過ぎようとしてだ。ツンコは僕が急に競走に応じる気になったものと勘違いして、一緒に嬉《うれ》しそうに駆けはじめる。

そして必死の形相の男の子と、喜びいっぱいのスピッツ犬の、抜きつ抜かれつのデッド・ヒートのうちに、その子の家の前など、いつも目に入る暇もないほど早く通り過ぎてしまっているのだった。

「いいか、これが最後の試験だ」

そんなある日、父親が僕に向かって突如《とつじょ》わけのわからないことを言い出した。

「最後の試験？」

僕はぽかんとしながら訊き返した。

「僕って今まで試験を受けてたの？」

「ああ、そうだ。そして今日が最後の試験だ」

「はあ……」

「お前はこの住所のところへ一人で行って、そこに住んでいる女の人にこの手紙を渡すのだ。そうすれば女の人は、お前にあるものを渡してくれるだろう。それを無事持って帰って来れば合格だ」

「何だか嫌だなあ、それ」

「大丈夫だ。お前には鈍感力がある」

「うーん……」

「ただしお前は、誰にも頼らずに一人で行かなくてはならん。途中で人に道を尋ねるのはご法度《はっと》だ。人に尋ねたら、その時点で失格になる。特におかちゃんには、絶対に言ってはならない」

「人に尋ねたかどうかなんて、どうしてわかるの？」

「オレがこっそり後を跟《つ》けて、監視する」

「それじゃあ、一人で行ったことにならないんじゃないの？」

「うむ」父親は腕組みした。「お前は意外に頭がいいな」

結局父親は自分で出かけて行った。何のことはない、自分の用事なのに、行くのが面倒臭かったので、ウスラバカで暇そうなめろず小僧を使おうとしただけなのだろう。

その数週間後、ツンコを連れた僕は、はじめて散歩中に彼女と遭遇した。そして彼女は一人ではなかった。

課外活動のサッカー部で、中心選手である六年生の男子と一緒だった。

暑い日だったので、ツンコは桃色の舌を出して、苦しそうに息をしていた。

真っ白いスピッツの中で、唯一桃色をしている口腔《こうこう》の中と舌が、妙に生々しく感じられた。

帰り路《みち》、舗装道路のところどころに白く光る砂が埋まっているのに気が付いた。ツンコはいつもよりはしゃいで、キャンキャンと飛び跳ねた。

その日は珍しくツンコの散歩に、母親が同行していた。ゴロ寝している最中は、家の黒電話が鳴っても、起きるのが面倒で出ないほどズボラな母親ではあるが、最近ドラム缶の胴回りが一段と増し、自分でもどっちが縦でどっちが横なのかわからなくなって来た雰囲気だったので、さすがに少しは身体を動かそうと思ったらしかった。

前方を一人の男が歩いていた。茶色のジャンパーを着て、少しがにまたで歩いていた。

「あら、奥さん」男が振り返って、満面の笑みを湛《たた》えた。

「あら」

声が一オクターブ上がる。引っ越していった田沼さんだった。

「どーも久しぶりー。坊《ぼっ》ちゃんもワンちゃんも、みんな元気そうで何よりですねー」

ところがその次の瞬間、予想だにしていなかったことが起こった。それまで大人しく歩いていたツンコが、突然ものすごい力で鎖を引っ張ると、笑顔の田沼さんの脹脛《ふくらはぎ》に、何の前触れもなくガブリと噛《か》み付いたのだ。生憎《あいにく》その時鎖を持っていたのは母親で、僕も慌てて鎖に手を伸ばしたが間に合わなかった。

「痛《いて》え！」

田沼さんが飛び上がって叫んだ。

「バカ！」

僕はツンコを大声で叱《しか》った。賢い犬とはお世辞にも言えないツンコだが、平和主義者で人を噛むことはまずない。ましてや散歩中に他人に噛み付くことなんてこれまで一度たりともなかったし、相手は昔なじみのあの田沼さんだ、すっかり油断していたことは否《いな》めなかった。

「す、すみません。ごめんなさい」母親が慌てて頭を下げた。

ツンコだけが収まらない。グルルグルルと唸《うな》りながら、もう一度噛み付かんばかりである。僕は懸命に鎖を引っ張ってそれを止めた。

「痛えなあ。ひどいよ、奥さん」

田沼さんは噛まれた足を押さえながら、顔を顰めた。

「すみません、すみません」

母親が永久運動という触れ込みで売られている水飲み鳥のように、何度も頭を下げた。

騒ぎに気付いて、近くを警邏《けいら》中だったらしい一人の警官が近づいて来た。

「どうしました」

「どうもこうもありませんよ。いきなり噛み付かれちゃった。近くに住んでいたころは、ビーフジャーキーとかよくあげていたのに。全く恩知らずな犬だな――」

田沼さんがそう言いながらツンコを顎《あご》でしゃくった。

「その犬、予防注射とかはちゃんとしていますか？」

警官が母親に訊いた。

「はい。それはもう、ちゃんといたしております」

「まさか狂犬病なんてことは、ないですよね」

「ありません、ありません」

田沼さんがズボンの裾《すそ》をたくし上げた。脹脛にうっすらと犬の歯形がついている。血は出ていなかったが、内出血はしているようだった。

「穴が開いちゃったし、もう穿《は》けないな、これ……」

「ズボン代と病院代はもちろん出します。すみません、すみません」

一度テレビの前に横になると、チャンネルを回しに行くのが面倒なので、何時間でも一つのチャンネルを見続けている母親が、何度も何度も頭を下げた。

「お願いしますよ。ひどい災難だ。そうだなぁ、とりあえず治療費と、病院に通う間、仕事ができない分の保障を全額負担するという念書を書いてもらえます？」

田沼さんがそう言って、茶色のジャンパーのポケットに手を入れた。

「知らない仲じゃないし、大ごとにする気はないですよ。でも最近農機具もあんまり売れなくて俺も苦しいんでね、これ以上病院代までかかったら、やって行けない」

田沼さんが何を出すつもりだったのかはわからない。歯形のまわりにまだ残っているツンコの唾液《だえき》を拭《ふ》こうと、ハンカチを出すつもりだったのかも知れないし、念書を書かせるため、紙とボールペンでも出そうとしたのかも知れない。だがうまく出せず、ポケットからいろんなものが一緒に転がり落ちた。

そしてその中には、マッチ箱と、ビニールに包まれた綿のようなものが混じっていた。ビニールの口が半分開いて、中の綿に染み込ませてある石油の臭《にお》いがした。

あわててそれを拾おうとする田沼さんの手首を、警官が摑《つか》まえた。

「ちょっと、あんた」

3

田沼さんが放火の常習犯で、ここ三、四年の間に数十件もの犯行を重ねていたこと、ウチへの放火も自供したことを教えてくれたのは、かつて家に来たあの二人組の、年配の方の警官だった。

田沼さんは偶然入った居酒屋で、そこに居合わせた僕の父親とつまらないことが原因で口論になり、大勢の前で恥をかかされたと思っていたらしい。あの口だけ達者な父親は、ほっだなことだからお前はその年にもなって嫁も来ねんだこのざいご（田舎者）とかそんな類《たぐい》のことを、自分の方がよっぽどざいごなのは棚に上げて言ったらしいのだ。他の放火はただ建物が燃えて人が集まって来ると、気持ちがスカッとして楽しいからやったが、僕の家だけは、はっきりと中にいる連中への殺意があったと供述したという。引っ越しの時も、店子《たなこ》の安全のために家を建て直すという大家に対して、居住権をタテにしてなかなか引っ越さず、最終的には立《た》ち退《の》き料をせしめていたということで、うっかり念書なんか書いたら、一体幾らふんだくられることになったかわかりませんよと、年配の警官は苦々しい顔で言った。

一方僕は、毎月やって来る新聞の集金人の匂《にお》いも憶《おぼ》えないツンコが、もう何年も前の放火犯の匂いを憶えていたことに驚嘆《きょうたん》したが、あにはからんや、すでに人生に疲れ果て、三〇年以上も乗り回した軽自動車のタイヤのように感受性の磨《す》り減った両親は、何の感動も示さないのだった。

父親は自分の行状《ぎょうじょう》や舌禍《ぜっか》を反省するどころか、

「犬だからな。それくらいは当然だべ」

と言うだけだったし、母親は田沼さんの本性を聞かされた時はショックを受けていたものの、次の瞬間にはかつてウチに来た例の若い二枚目の警官が、どこか遠い派出所に転属になったことを聞いて、露骨にがっかりした顔を見せ、挙句《あげく》の果てには、

「んだらなしてもっと早く噛み付かねっけの」

とツンコにあべこべに文句を言う有様だった。

4

「それではみなさん良い夏休みを。くれぐれもアマガエルは素手で触らないように」

その日は一学期の終業式だった。明日から夏休みという、日本全国の小学生にとって、今日浮かれずに一体いつ浮かれるのかという日である。もっとも校長先生の言葉は完全に後の祭りで、終業式に並ぶクラスのクソガキたちは、アマガエルを捕まえた手でそのまま目を擦《こす》るという黄金パターンで結膜炎《けつまくえん》になり、既に半数近くが眼帯姿だった。

ひょうろぎ野郎も、ヘラヘラと薄ら笑いを泛《うか》べながら帰宅の途《と》についた。

しかし家に着くなり、ヘラヘラしていた自分の顔から血の気が引いていくのがわかった。

ツンコの様子が明らかにおかしい。ぺたりと地面に伏せたまま、口から赤い舌をだらりと出している。涎《よだれ》も垂らし放題だ。

僕が帰ってきたことに気付いて上体を起こそうとしたが、そのまま横倒しになってしまう。いつもはしなやかな笞《むち》のように振られる尻尾《しっぽ》も、だらりと垂れ下がったままである。だが一番愕《おどろ》いたのは尿の色だ。血が混じって真っ赤になっている。

ズック靴を脱ぐのももどかしく、家の中に駆け込んだ。テレビの前で股《また》をおっぴろげてワイドショーを見ながら昼寝をしているドラム缶を揺さぶって、ツンコの症状を訴えた。ドラム缶は薄目を開けたものの、そのまま内股《うちもも》をボリボリ掻《か》くだけで、まるでやる気が感じられない。

「何か悪いものでも食ったんだべ」

そう言ってまた昼寝へと戻ろうとする。

「違うよ！　そんなんじゃないよ！」

「さすかえね（差し支えない）！　どうせまた、どこかの家の障子の糊《のり》でも食ったんだべ」

「障子の糊だったら、あんなに苦しまないよ！　一生のお願いだから、病院に連れて行こうよ！」

するとさすがのドラム缶も、愛《いと》しい息子のこの必死の訴えには心を動かされたのか、ゆっくりとながら身を起こした。

「んだが、一生のお願いってか。んだらお前この先もう一生、お願いすねんだべな」

「う、うん……」

「んだら仕方ねえ、病院さ行くべ。その代わりお前の一生の願いはもう終わったからな。将来おやんつぁんのシモの世話すんのお前だぞ。あたしはやんだ（嫌だ）からな」

よっこらしょと言いながら立ち上がった母親は、タクシーを呼ぶために電話をかけに行った。


「これはフィラリアだ。しかも、かなり進行している」

獣医が眉間《みけん》に皺《しわ》を寄せて言った。

「フィラリア？」僕は訊き返した。

「障子のノリりんねのか」母親も訊いた。

「何ですか？　障子の糊って？」

「いえ、何でもありません」

獣医が若くていい男なのに気付いた母親が、突然標準語に戻して言った。

「フィラリアは蚊で感染《うつ》る病気で、犬糸状虫症とも言います。15センチから30センチくらいの糸状の寄生虫が、心臓や肺の血管の中に寄生して、血液中の栄養分を吸い取ってしまう病気です。そのため長期間寄生されると、血液の流れが妨《さまた》げられ、内臓のあちこちで甚《じん》大《だい》なダメージが生じてしまうのです」

「助かるんだべが……いや助かるんでしょうか」

「もう進行していて、フィラリアの成虫が心臓にいる状態ですが、薬を五日間連続で嚥《の》ませることで、いちおうその寄生虫を殺すことはできます」

めろず小僧はとりあえず胸を撫で下ろしたが、同時に医者の言葉の一片が耳にひっかかった。

——いちおう?

と言うことは、ダメな場合もあるということだろうか? やがて日本人の研究者が、土中の微生物からこの病気の特効薬を作り、ノーベル賞を受賞することになるなんて、もちろん当時のひょうろぎ野郎は知る由《よし》もなかった。

「薬で殺したその虫は、血管の中を流れて肺の毛細血管に辿《たど》り着き、そこで肺の組織と同化するのですが、その際血管の中で虫がつまったりすると、残念ながら現在の医療では助けられる見込みは薄いのが実情です」

「そんな……」

「ただ一つだけ言えるのは、容態が急変したらすぐに応急処置ができるように、ずっと付き添っているのが望ましいということなのですが……」

5

幸い明日から学校は夏休みだ。ひょうろぎ野郎は犬小屋の脇《わき》に茣蓙《ござ》を敷いて、ツンコの容態と満天の星を、かわるがわる眺めていた。ちょうど北の空に流星群が出現をはじめる頃で、茣蓙の上にあお向けに寝転がって星を眺めていると、北の空の輻射点《ふくしゃてん》から、一時間に一〇個以上の流星が、大気圏に突入しては燃え尽きて行くのが眺められた。

夜は徹夜で番をして、昼間は母親にツンコを頼んで数時間の仮眠を取る。

そんな寝ずの番をはじめて三日目の夜のことだった。うーうーという低い唸り声が聞こえて来た。

飛び起きて犬小屋を覗《のぞ》き込んだが、ツンコは明らかに窮屈そうな小屋の中で、前肢《まえあし》をちょこんと折り曲げて、すーぴーすーぴーと寝入っている。そうめんのように細長い寄生虫に心臓や肺の血管を占拠されているとは、とても思えないような平和な寝顔だ。

だがその時、再び唸り声が聞こえてきた。うーうーうー。

だがツンコは目の前で、静かに鼻ちょうちんを出している。

うううううう。

この声は一体、どこから聞こえて来るのだろう？

「おい、背中踏んでくれ!」

それが家の中から聞こえて来ることにようやく気付いて中に入ると、父親が蒲団《ふとん》の上に俯伏《うつぶ》せになってぐったりしていた。

ひょうろぎ野郎は言われた通り父親の背中を踏みつけた。実はそれまでも父親が原因不明の痛がり方をし、僕が背中を踏むと、何故か収まることが何度かあったのだ。

「もっと右だ、右!」

「もっと左!」

言われるがままに背中を踏みつけた。だが今日はどこを踏んでも少し違うらしく、言われるがままに踏んでいたひょうろぎ野郎は、結果として父親の背中全体を満遍《まんべん》なく踏みつける結果になった。

父親は俯伏せでぐったりしたまま、片手をひらひらさせてもういいという合図をした。

僕はツンコの番へと戻った。

だが夜が白々と明けたころに、家の中からもう一度叫び声が聞こえて来た。

「痛え、痛え、死ぬぅぅぅぅぅ!」

再び家の中に入ると、父親が唸りながら今度は身体を海老《えび》のように二つに折り曲げていた。

「大袈裟《おおげさ》だなあ、このおやんつぁん」

頭にカーラーをいくつもつけたドラム缶が、その脇で眠そうに目をこすりながら、胡散《うさん》臭《くさ》そうな顔で呟いている。

「お、大袈裟でも、な、何でもいいから……きゅ、救急車、呼んでくれ……」

父親の顔が紫色に変わっている。それを見て母親が初めて心配そうな顔を見せた。

救急車に乗り込んだ母親が、僕に向かって一緒に来いと言った。ツンコの傍《そば》を離れるのは嫌だったが、母親はいつになく強硬だったし、また父親の尋常ではない痛がり方に、僕自身ただごとではないと感じていたので、この日の分のエサを小屋の外に置いて、救急車に乗り込んだ。ツンコはこの騒ぎもどこ吹く風で、小屋の中ですーぴーすーぴー眠っていた。

救急車の中でも、父親は痛い痛いと言いながら、銛《もり》で突かれた浅瀬のタコのように身を捩《よじ》らせていた。

6

手術室の前の廊下に、母親と並んで座った。

じりじりと待つこと数時間、手術室のランプが消え、中から術衣の医者が出てきた。

小型のドラム缶が医者目がけて突進した。そのままタックルでも仕掛けるのかと思ったが、医者の前でぴたりと停《と》まって頭を下げた。

するると銀縁眼鏡をかけた医者が莞爾《にっこり》と笑った。

「急性の膵臓炎《すいぞうえん》でした。ひどい膿《う》みようでしたから、相当痛かったでしょうね」

「そ、それで、手術の方は？」

「幸いにして無事成功しました。ただし大手術だったので、まだ安心はできません。今後の容態を、つきっきりでしっかり見させてもらいます」

「ど、どうもありがとうございました」

ドラム缶が上体を九〇度に折り曲げた。


病室で父親が目を覚ました。

「やあ、気がつきましたか」

脈拍を測っていた医者が、満面に笑みを湛えて言った。

父親は何が起こったのかわからないかのように医者の顔を見、それから僕の顔と母親の顔を順番に見、それから病室じゅうをぐるりと見回して、最後に若い看護婦の整った横顔と、白衣を盛り上げている胸のあたりを、僕と母親を見た時間の数倍に当たる時間をかけてじろじろと眺めた。

「いやあ、良かった良かった。これだけ早く意識が戻ったら、もう安心だ」

銀縁眼鏡の医者は異様なほど愛想がいい。きっと本当にものすごく難しい手術だったのだろう、その顔には満足感が溢《あふ》れ出ていた。

当の父親は、無表情でその医者を眺めている。場の雰囲気に圧倒されているような雰囲気だ。

それから医者は、にこやかに笑いながら父親に向かって、病室の壁に掛かっている時計を指差した。

「では、ちょっと時計を見てください」

「はい」父親が神妙な顔で答えた。

「いま何時ですか？」

するとと父親は、ここぞとばかりの大声で叫んだ。

「おやじ！」

「はいっ⁉」医者が戸惑いを隠せない顔で、身をのけぞらせた。

「一言居士《いちげんこじ》！　冬来たりなば、春遠からじ！」

「おやじ！」

僕は見かねて声をかけた。「まじめにやれよ、おやじ！」

「むう」息子に叱られた父親は、ベッドの上で首を竦《すく》めた。

ようやく我に返った医者が、憤《む》っとした顔で言った。

「まじめに答えて下さい。これはテストなのですよ」

「はい……」

父親が首を竦めたまま、さすがに今度は神妙な顔で答えた。

「では、この指が見えますか」医者は今度は右手を挙げ、指を三本立てた。

「はい、見えます」

「何本に見えますか」

「エロ本！」

医者は憮然《ぶぜん》とした顔で、何も言わずに病室を出て行った。

グラマーな看護婦が、先生！　先生！　と叫んで、白衣の胸を上下に揺らしながらその後を追って出て行き、そのまた後を母親が、父親を眦《き》っと睨《にら》みつけてから、腹を縦横無尽《じゅうおうむじん》に揺らしながら追いかけて行った。

7

「何であんな態度を取ったのさ。すごく難しい手術を成功させてくれたお医者さんなんだよ？」

一気に静かになった病室で僕が咎《とが》める目を向けると、父親は不貞腐《ふてくさ》れたような顔でベッドの上に胡座《あぐら》をかいた。

「ふん、昔から俺は、自慢する奴《やつ》が大嫌いなんだ。医者ってのは他人の病気を治すのが仕事だろ？　だったらそれを自慢してどうするんだ？　八百屋が市場で野菜を仕入れたことを自慢するか？　郵便配達が今日も全部配ったぜと自慢するか？　当たり前のことだろう？」

「だけど一言お礼くらい言ったって、バチは当たらないよ」

「ふん、それは凡人の考え方だな。俺は自慢してる奴を見ると、たとえ相手がどんな偉い奴だろうと、楯《たて》突いてやりたくなるんだ」

「それって単なる意地っ張りじゃないの」

「ふん、意地っ張りだろうがなんだろうが、これが俺の生き方なのさ」

「自慢する奴が大嫌いと豪語することも、やっぱり一種の自慢なんじゃないの？」

「ふむ……。さすが俺の息子だ。お前には観察眼がある」

あっさりと論破《ろんぱ》された父親は、汚職がばれた政治家のように、片方の掌《てのひら》を拡げて僕の前に翳《かざ》し、何とかこの場を誤魔化そうとした。

「そんなの、観察眼なんかなくたってわかるよ」

「わかったわかった、興奮しないで」

「別にしてないよ」

「いいか、よく聞け。自分のことは棚に上げるというのが、我が家のお家芸でもあるのだよ」

「何そのお家芸。そんなの僕は引き継がないよ」

するとと父親は心外きわまりないという顔をしてブツブツ言った。

「まったく……。せっかく権力に楯突いているのに、息子に足を引っ張られるとはな。関ヶ原の戦いのあとの、黒田《くろだ》如水《じょすい》の気持ちが良くわかったぜ」

日本のオヤジの必須アイテムの一つとして、最近妙に戦国武将に凝《こ》り始めていた父親がそんなことを呟いたが、それを聞いた瞬間、僕の中で何かが変わった。

それは本当にちょっとした変化で、物理的には身体の中のたった一つの細胞の浸透圧が変化した程度の微細なものだった。だが確実に何かが変わったのが自分でわかった。

「あのさあ、もう僕のことを息子だと思わなくていいよ。僕ももうあんたのことを父親だとは思わないからさあ」

昨日までの僕だったら、口が裂けてもこんなことは言わなかっただろう。だがひょうろぎ野郎は、正にこの瞬間から、れっきとした反抗期に突入したのだ。

只《ただ》のめろず小僧だとばかり思っていた息子から浴びせられた強い言葉に、一瞬たじろいだ顔を見せた父親だったが、反論する言葉が見つからなかったのだろう、わざとらしく頭を押さえながら言った。

「わかったわかった。手術の後で頭が痛いんだ。頼むから大きな声を出さないでくれ」

「別に大声は出してないよ」

「わ、わかった。ちょっと待て」

掌を向けたまま、ゆっくりと立ち上がり、恫喝《どうかつ》気味に言った。

「俺はこれから小便してくるからな、さっきの言葉を取り消すなら今のうちだぞ」

小便からゆっくり戻った父親いや元父親は、死んだ魚のような澱《よど》んだ目を僕に向けた。

「どうだ？　取り消す気になったか？」

僕は首を横に振った。「取り消すわけないじゃん」

すると父親いや元父親は、今度はまた別のお家芸に走った。

「小便しながら考えたんだが、お前の言ってることは結構正しいような気がする。確かに俺はげっぺ野郎だ。父親失格だ。そのことを指摘されて、俺は怒る気にはならない。むしろ、よくぞ言った、あっぱれだという心境だ。さすが俺の息子だ」

「わかってないじゃん。たった今、僕のことを息子だと思うなって言ったばかりだよ」

「ふむ。なるほど……首尾一貫してるな」父親いや元父親は、感心したように言った。

「よし、それじゃあちゃんと話し合おう」

「僕はさっきから話し合ってるよ。あんただろう、それを誤魔化そうとしてるの！」

すると父親いや元父親は、ベッドの上で背中を丸めて小さくなった。

「わかったよ……。そりゃあそうだよなあ。俺みたいなダメ男、父親と思えるわけないよなあ……。稼ぎも悪いし、父親らしいことは何一つしてやれていないし。こんな男を父親として尊敬することなんか、無理だよなあ……」

僕は呆《あき》れて返事をする気にもならなかった。父親いや元父親は、ウスラバカだと思っていた息子に思いがけず反抗されたショックから逃《のが》れるために、今度は突如として自虐に走り、安っぽい自己憐憫《れんびん》に浸《ひた》ろうとしているのだった。全く我が父親いや元父親ながら、何というわかりやすい精神構造をしているのだろう——。

だが僕は父親いや元父親が、転んでもタダでは起きない男であることを忘れていた。

「よしわかった！　俺も男だ！　お前がそこまで言うのなら、お前から父親だと思われることは、今日を限りにきっぱりとあきらめよう！　ただしその代わり、今日まで曲がりなりにもお前を養育して来た見返りとして、俺の頼みを一つだけ聞いてくれないか？」

「頼み？」僕は顔を近づけた。いちおう手術直後なだけに、ほんの少し心配になったのだ。

「何？」

「いやそれがちょっと……言いにくいことなんだが……」

父親いや元父親は少し羞恥《はにか》み、釣り上げられたばかりのアナゴのようにベッドの上で身をくねらせた。

「僕にできることで、本当に一つだけなら、してあげるけど」

「本当か？　本当に何でもしてくれるのか？」

　西向きの薄暗い病室の中で、死んだ魚のようだった父親いや元父親の目が、ぎらりと光った。

「だから何？」

「だからちょっと、言いにくいんだが」

「とにかく言ってみてよ」

「その……退院したら、同級生の女の子を紹介してくれんか？」

　僕はがくりと肩を落とした。これが自分の父親いや元父親かと思うと、さすがに情けなくなったのだ。

「何考えてんだよ、このくそおやじ！　いや元おやじ！」

「だってぇ……」元父親は両手の親指と人指し指を、胸の前で交互に交差させて、いじいじするポーズを取った。「もう息子じゃないんなら、見知らぬ一人の若い男ってことだろ。だったら、やっぱり頼みたいことはそれだよ」

「あんたは見知らぬ男にそんなこと頼むのかよ！」

「そりゃあ頼むさ。だってひょっとしたらってことがあるじゃない」

「いい加減にしろよ、このロリコンおやじ！　いや元おやじ！」

「こらこら、そんな人聞きの悪いことを言うんじゃない。別に俺はいやらしいことを考えているわけじゃないぞ。俺には娘がいなかったからな。一緒に遊園地に行ってコーヒーカップが回るやつに乗ったり、一緒に喫茶店に入ってチョコレートパフェを食べたり、お祭りの射的の屋台で、ぬいぐるみを撃ち落としてすご～いと言われたり、そういうことをしたいだけなんだ。もちろんそこから二人の間に、年齢差を超越するような自然な恋愛感情が芽生えたならば、俺としては特に拒絶する理由はないけどな」

「そこまで考えを巡らせている時点で、もう充分気持ち悪いんだよ！　いい加減にしろよこのくそおやじ！　いや元おやじ！」

だがその瞬間僕は、こんなやり取りをしている場合ではないことを思い出した。

8

バスを乗り継いで大急ぎで家に帰ると、寝そべっていたツンコが僕を見て、尻尾を振りながら立ち上がろうとした。犬小屋のすぐ隣に置いていたエサは手付かずのままだ。

ツンコは何とか前肢を立てることには成功したが、後ろ肢をはじめとする腰から後ろは力が入らないのか、地面にだらんと伸びたままだ。

細かく震えながら、何とか前肢だけで上体を起こすと、片方の肢を折り曲げて宙に浮かせようとした。

だがだめだった。そのままコテン、と横に倒れてしまった。それでも横向きのまま、なおも上になった肢を懸命に僕に向かって伸ばしては引っ込める動作を繰り返した。

その瞬間、ようやく僕は気が付いた。ツンコは結局最後までほとんどそれしか覚えなかった、たった一つの芸である〈お手〉をやろうとしているのだった。

だがその力はもう残っていなかった。

ツンコはその五分後に冷たくなった。

僕は夏休み中泣き続けた。

もしもう一度石山さんに会う機会があったら、僕は謝らなければならない。あの日石山さんを睨みつける資格は、僕にはなかったのだ。石山さんの予言通り、僕は後悔していた。

こんな唐突に別れが来るならば、もっともっと一緒に散歩すれば良かった。もっと一緒に遊んであげれば良かった。学校で仲間外れにされないように、僕の帰りを一日中待っていたツンコの散歩をたったの一〇分で終わらせ、友達の待つ公園に急いだことだって二度や三度ではなかったのだ。

いやそれもやっぱり違うのかも知れない。こんな唐突に別れが来るならばなんて、条件みたいなことを言っている時点で間違っているのだ。いつだって犬はその短い寿命のありったけで、飼い主が自分の方を振り向いてくれるのを、ただひたすら待っているのだから――。

意外なことにあの母親も泣いた。あのドケチを絵に描《か》いたような母親が、動物用の共同霊園なるものを探して来て、ツンコの遺骸《いがい》を埋葬してもらっていた。

一〇日後に退院して来た父親いや元父親は、泣きはしなかったが、後に残された空の犬小屋に向かって、神妙な顔で両手を合わせた。

やがて泣き明かした夏休みが終わって、二学期がはじまった。身体はいまだクラスで一番小さいままだったが、不思議なことに僕は、もう誰からも、ひょうろぎ野郎ともめろず小僧とも呼ばれなくなっていた。

鎧袖《がいしゅう》一触《いっしょく》の春

I

1

高窓から斜めに差し込む夕陽《ゆうひ》が道場の青い畳に当たり、寝技の応酬《おうしゅう》をする部員たちの黒い影が、長く伸びている。

「ぐぇっ……ごほっごほっ……」

激しく咳《せ》き込む音が、その中から聞こえて来る。

「ぐほっ、ぐほっ」

その音が少しずつくぐもって来る。僕は友哉《ともや》を袈裟《けさ》固めに抑え込みながら、こっそり上目遣《うわめづか》いで音のほうを窺《うかが》う。

孝之《たかゆき》の背中に、巨漢の男がのしかかっている。OBの大学四年生だ。その首には太い腕が絡《から》みついている。

孝之が顔を歪《ゆが》めながら、畳を何度も叩《たた》いている。無論これは〈参った〉の意思表示だ。

だが絞《し》めは解かれない。気付いてもらえなかったと思ってか、今度は首に入っている毛むくじゃらの腕を直接叩く。

試合ならば、ただちに主審が試合を止め、両者を分ける場面である。だが今は練習だから、止める人間は誰《だれ》もいない。孝之の背後から絞め上げているOB——自称〈落としの韮《にら》崎《ざき》〉——の両目は吊《つ》り上がって、まるでここで会ったが百年目の親の仇《かたき》でも絞め上げているかのようだ。

　細かく痙攣《けいれん》していた孝之の足が止まり、その身体《からだ》から力が抜けて行く。明らかに、もう落ちている。

「韮崎先輩、さすがにそれ以上はヤバくないっスか」

　その隣で一年生を横四方固めに抑え込んでいた小嶋《こじま》主将が、事態に気づいて慌てて声をかけた。孝之の頸動脈《けいどうみゃく》に入っていた太い腕がようやく離れ、モヤシのように華奢《きゃしゃ》なその身体は、茹《ゆ》ですぎた青菜のようにだらりと畳の上に伸びた。

　その時だった。友哉が突然僕の身体の下で、両足を大きく振りはじめた。それまで袈裟固めで密着していた上体と上体の間に何とか距離を作り、さらにブリッジを繰り返すことによってそれを拡げようとする。

　孝之の様子を窺っていた僕は対応が遅れた。友哉はその隙間《すきま》からするりと身体を抜くと、そのまま上になって僕をあべこべに上《かみ》四方固めに抑え込んだ。

「おら、下になっている奴《やつ》、返せよほら！」

〈気合入れ〉のOBたちの野太い声が、すぐ近くで響く。今度は僕がさっきの友哉と同じ動きを繰り返し、何とか抑え込みを解《ほど》こうとしたが、友哉はそうはさせじと脇《わき》を締め、全体重をかけて僕のブリッジを潰《つぶ》しにかかる。

ドーン！

結局僕は無念にも友哉に抑え込みを許したまま、練習相手の交代を示す大太鼓の音を聞いた。はだけた道着を直し、道場の真ん中で二列に向かい合って正座する。

「礼！」

「ありがとうございました！」

畳に両手をついて、互いに礼をしてから立ち上がり、次の太鼓を合図に列がずれて行く。一番端《はし》の小嶋主将だけは動かない。さっき主将と寝技の応酬をしていた圭介《けいすけ》がその後ろをダッシュで走り抜け、向こう側の列の端から二番目に急いで正座する。

移動距離の長い列の端の人間は、みんなの体力回復の時間を少しでも稼ぐため、ゆっくり移動するのが暗黙の了解なのに。上級生ですらそうしているのに、あいかわらずクソ真《ま》面目《じめ》な奴である。

僕の次の相手はOB会会長の佐田《さだ》さんだ。

「はじめ！」

正座して畳に両手をつき、深く礼をして顔を上げると、恐らく礼をせずに立ち上がったのだろう、すぐ目の前にもう佐田さんが立っていて、僕は正座した状態のまま上から奥襟《えり》をがっちり摑《つか》まれていた。今は寝技の練習時間なのだが、この人はＯＢ会会長という立場を利用して、好き勝手にメニューを変えてしまうのだ。きっと乱取り——立ち技の練習——の時にあまり投げられなかったので、弱そうな一年生を思い切り畳に叩きつけて、自分の技に対する自信を取り戻したいのだろう。

僕は肩越しに奥襟を摑まれたまま立ち上がる。

佐田さんは息を大きく吸ってから、両腕をぐっと引きつけて踏み込んでくる。自分の右足の踵《かかと》を僕の右足の膝《ひざ》の裏にかけ、そのまま力任せに真後ろに倒そうとする。佐田さん得意の大外刈《おおそとが》りだが、技の前の〈崩し〉がまるでない強引な入りなので、もう一方の足を大きく後ろに引いて重心を移動させることで、割合簡単に防ぐことができる。得意技をあっさり防がれたことを知って、ＯＢ会会長の顔色がさっと変わる。

仏壇屋の若旦那《わかだんな》は、右手で奥襟をもう一度しっかり取り直すと、さらに僕の道着の右の袖《そで》の中に、引き手の左の親指を入れてひねり上げ、ぐりぐりと絞って来た。右手の先に血液が流れなくなり、痺《しび》れて来る。この持ち方は厳密には反則なのだが、後輩相手の乱取りにルールなどないと思っている人だから仕方がない。

また同じ技が来た。逃げようと思えば逃げられたが、ここらへんで一回投げられておかないと、目を付けられて後々厄介なことになる可能性がある。僕はアゴを引いて後頭部を護《まも》りながら斜め後ろに倒れた。右手が絞られているので受け身が取りにくい。仕方なく倒れる直前に相手の袖を掴んでいた左手を離し、畳を思い切り叩く。

一度投げたことですっかり気を良くしたのか、ＯＢ会会長の足の運びが目に見えて雑になった。もう一度大外刈りが来たが、技をかける前に息を大きく吸うその癖——本人は多分気付いていない——を止《や》めない限り、きっと試合では一〇〇回に一回も決まらないことだろう。さっき同様、軽く足を送ってそれを躱《かわ》し、相手が技をかけた足を戻そうとする瞬間に、逆に踏み込んでそれを横から刈ると、岩のような巨体がけたたましい音をたてながら畳の上に崩れ落ちた。

よし。〈一本〉か？　いや最後にダメ押しで上からのしかかって、相手の背中を畳につけていたら〈一本〉だっただろうが、それをやっていないから〈技あり〉止まりか？

「ぬおっ」

崩れた巨体は弾《はじ》かれるように立ち上がって、恐ろしい形相《ぎょうそう》で僕の奥襟に飛びついて来る。しまった。ほとんど反射的に出した出足《であし》払いが、こんなに見事に決まるなんて。よし、なんて思っている場合じゃなかった。ＯＢ会会長は支《ささ》え釣《つ》り込《こ》み足《あし》、大腰《おおごし》、体落《たいお》としと、次々に大技を繰り出して来る。

こうなったらガチンコだ。僕は覚悟を決めた。全一週間の合宿三日目の午後の練習、まだまだ先は長いので、ここで体力を使い切ることは避けたかったのだが仕方がない。僕は遮二無二《しゃにむに》前に出てくる会長に、わざと奥襟を取らせておいて、両手でその両前襟を掴むと、寝技の応酬をしている部員が後ろにいないことを確かめてから、足を横に飛ばして斜め後ろに大きく飛んだ。

浮技《うきわざ》という捨身《すてみ》技だ――。

僕は柔道の技の中で、捨身技が一番好きだ。捨身技というこの言葉の響きがまず好きだ。その響きには、肉を切らせて骨を断つという悲壮な覚悟が秘められているような気がする。できれば人生も捨身技のように生きてみたいと思う。もっとも捨身技のように生きるとは具体的にどういうことなのか、またどうすればそれが可能になるのか、そこらへんのことは皆目見当もついていないのだけれど……。

ただしタイミングがこれほど難しい技もない。巴《ともえ》投げは誰もが知っている捨身技の代表格なわけだが、失敗したら相手に上に乗られ、きわめて不利な体勢になる。試合でそのまま抑え込まれ、三〇秒経過したら一本負けである。また捨身技は仮に見事に決まったとしても、審判が未熟だと、どっちがかけた技なのかちゃんと見てもらえず、ポイントが貰《もら》えない――ひどい時は相手にポイントが入る――危険性もある。しかも全部で二〇本ある捨身技の中でも、この浮技は、もっとも決まりにくい――だから今ではやる人自体ほとんどいない――技の一つだ。

だが、一直線に前に出てきていた巨漢の仏壇屋には有効だった。決まりにくく、誰もやらない技だからこそ、ごく稀《まれ》にやると効果的なのだ。その岩のような身体が、一瞬無重力状態になったかのように宙に浮いたかと思うと、そのままどすんと横向きに畳に落ちた。

よし！

これも最低〈技あり〉はあるだろう。仮にさっきの出足払いが〈技あり〉だとすると、試合ならこれで〈合わせて一本〉だ——。

だがこれは試合ではなく乱取りなので、時間が来て太鼓が鳴るまでは終わらない。

一年生に続けてポイントを取られたことを認めたくないのだろう、棗《なつめ》のように丸々と太った仏壇屋の若旦那は、すぐに起き上がると、茹でた海老《えび》のように真っ赤な顔をして、浮技を決めて倒れている僕にのしかかり、僕の首に棍棒《こんぼう》のような太い腕を回して、そのまま袈裟固めに固めようとして来た。どうやら今度は、再び勝手に寝技の時間に移行したらしい。

僕は両足を大きく振って、腹筋の力で起き上がろうとした。ＯＢ会会長は巨体を全部預けて、僕を潰しにかかる。

何度もブリッジをしては、自らそれを崩す動作を繰り返し、身体と身体の間にほんの少しだけ空いた隙間に、取られていない方の腕を何とかこじ入れた。

ふう。試合ならばこれでとりあえず抑え込みは〈解《と》けた〉と見做《みな》される。

そのとき太鼓が鳴った。

若旦那はじろりと僕を睨《にら》みつけたが、黙って列へと戻って行った。

「礼！」

「ありがとうございました！」

列が横にずれて行く。

僕は肩で息をしながら心の中で頭を抱えた。一難去ってまた一難、いよいよ次は〈落としのニラザキ〉だ――。

この先輩が初めて練習にやってきた日のことは、今でも昨日のことのように憶《おも》い出すことができる。その日の練習メニューが終わりに近づいた頃《ころ》、道場の入り口付近に岩のような体格の男が現れ、腕組みをして練習を見ているのに僕等は気付いた。最初は他校からの練習試合の申し込みあるいは時期外れの入部希望者かと思ったが、よく見ると鼻の下にはヒゲを蓄えているし、明らかに体格が高校生ではないのでとりあえずそのまま練習を続けていると、稽古《けいこ》終わりの黙想の時間になった時に畳に上がって来て、正面の扁額《へんがく》を背に――つまり僕等現役部員と向かい合うようにして――座ったので、OBなのだとわかった。

「自分は四年前に卒業した韮崎という者だ。いろいろと伝説は聞いていることだろうが、かの有名な〈落としの韮崎〉というのは、この俺様《おれさま》のことだ！」

そんな有名なOBの話は聞いたことがなかったが、僕等は声を合わせて「押忍《おす》！」と答えた。

四年前に卒業したということは、僕等からすると六学年上ということになる。一学年違うだけで絶対的な上下関係が生じる運動部では、六学年も違ったらもう先輩も先輩、大先輩である。肩に筋肉がつきすぎて、首が異様に短く見えるその大先輩は、地元の国立大で体育会柔道部に入っていること、この半年間は就職活動で忙しく柔道ができなかったが、東京の商事会社への就職が無事決まった今、体をなまらせたくないので、これから三月までの間、たまに来て稽古をつけてやると告げたのだった。

「押忍！」

それからこの韮崎先輩は結構ヒマなのか、たまにどころか週に三日は練習に来るようになった。春休みまでと言っていたから学校がある時期だけなのかと思っていたのだが、いざ春休みに入り、合宿がはじまってからは毎日だ。無論少しでも強くなりたい僕等現役部員からしたら、強いＯＢに稽古をつけてもらえることは本来大歓迎であり、そのために毎回ＯＢ会の役員や各年度の代表には、わざわざ合宿の日程をハガキで知らせているくらいなのだが――。

太鼓が鳴って二分後、僕はさっきの孝之と同じ格好で絞められていた。僕はとにかく顎《あご》を引いて、首にかかっている相手の腕を顎と鎖骨で挟み込み、それ以上の頸部圧迫を防ごうとした。〈落としの韮崎〉は、丸太のような二の腕をブラシのように左右に扱《しご》いて、喉《のど》のさらに奥に腕をこじ入れようとする。

絞め技で相手を失神させることを、柔道では〈落とす〉と言うわけだが、〈落とす〉ためには、きっちりと頸動脈を絞めなければならない。よく誤解している人がいるが、頸動脈を絞め、脳への血液供給を止めることによって失神させるのであって、相手を窒息《ちっそく》させるわけではない。だから頸動脈のところががら空きで、喉だけを絞めているチョークスリーパーや、雑な絞めで動脈も静脈も気道も確保されているのに、わざとらしく両手をぶらぶらさせて、いかにも落ちたフリをして見せるプロレスラーの演技などを見ると、僕等柔道有段者は失笑を禁じえない。本当にきっちりと頸動脈を絞められたら、あんなふうに大袈裟に苦しんだりするヒマもなく、あっという間に意識を失う筈《はず》だからだ。

ドーン！

僕は何とか落ちることなく、対戦相手交代の太鼓の音を聞いた。〈落としの韮崎〉はいまいましそうに僕の首から両腕を離すと、次の獲物を求めて列へと戻って行った。

再び太鼓が鳴って、列がずれる。次の相手が同じ一年の晋太郎《しんたろう》だったので、僕は少し吻《ほ》っとした。ジャンケンで負けた僕は仰向けになり、晋太郎が股《また》の間から帯を取るのに任せる。普通は寝技の練習は、こうしてジャンケンで最初の攻め手と受け手を決めるのだ。

もちろんジャンケンで負けたからと言って、晋太郎ごときにみすみす抑え込まれるつもりは毛頭ない。わざと右足のガードを緩めておき、晋太郎がそれを膝で殺して勇躍《ゆうやく》縦四方固めに入ろうとする瞬間、僕は背中越しにその帯を摑むと、空いている左足を晋太郎の下腹に引っかけ、巴投げの要領でその身体を裏返し、あべこべに上四方固めに抑え込んだ。この逆転技は、中学時代から寝技における僕の得意技の一つである。

抑え込まれた晋太郎は、それっきり諦《あきら》めたかのように動かない。抑え込みを返したくても、今日も朝から上級生やOBたちに散々投げられたり絞められたり抑え込まれたりした後で、もう返す力が微塵《みじん》も残っていないのだろう。同情はするが、こちらだって事情はまったく同じであり、僕の右足のガードの甘さに気を取られて、左足を殺すのを忘れていた晋太郎が甘いのだ。僕は両脇を締めて、抑え込みをより完璧《かんぺき》なものにするべく、晋太郎と自分の身体を密着させようとした。

ヒュッ――。

だがその時だった。突然の風を切る音に続いて、背骨が摧《くだ》けるような痛みが走った。僕は思わず海老反りにのけぞった。

「てめえら、今は休み時間じゃねえんだぞ！」

数人のOBたちが、僕と晋太郎をぐるりと取り囲んでいた。中の一人が木刀を持っているので、どうやらあれでやられたらしい。

「お前ら、三好《みよし》さんが良いと言うまで、V字腹筋してろ！」

一年生同士の攻防で、動きが全くないから、二人で共謀してサボっていると思われたらしい。全くの濡《ぬ》れ衣《ぎぬ》だが、それを証明する手段はない。

朝から丸一日練習した最後の方でのV字腹筋はなかなかキツい。両腕を胸の前で組み、木刀を持った監視役のOBの前で両足をぴんと伸ばして空中に浮かせるが、ものの一分で震えが来る。腹筋が笑い出す。

晋太郎が堪えきれず、両足を畳にどさりと落とした。

「バカ野郎！　誰がやめて良いと言ったんだよ！」

その足に木刀が振り下ろされる。

「うぎゃあ」

膝にもろに当たったらしく、晋太郎が怪鳥のような声を上げてのたうち回る。

2

合宿所に戻るなり、僕等一年生は全員万年床の上に長々と伸びた。

長い間、誰一人口を利かなかった。まるで喋《しゃべ》る体力さえ温存したいというかのように――。

その沈黙を最初に破ったのは友哉だった。

「それにしてもあの連中、下級生をシゴくためだけに高校の部活に毎日来るなんて、普段よっぽどつまんねえ人生を送っているんだろうな」

友哉は最近、一年生しかいない場では、かなりあからさまにOBたちを〈あの連中〉呼ばわりするようになっていた。

「自分たちは何もしねえくせに、〈気合入れ〉とか何とか抜かして、偉そうに命令ばっかりしている連中もむかつくぜ」

友哉がなおも毒づいた。OBには二種類あって、会長や〈落としの韮崎〉のように練習に参加して現役部員に稽古をつけてやろうとする者と、練習には参加せず、見学しながら口うるさく文句だけつける者がいて、その後者を〈気合入れ〉――僕等が付けたのではなく昔からの呼び方らしい――と言うのだ。さっき僕と晋太郎に木刀を落としたのも、そんな〈気合入れ〉の中の一人である。

「なあお前ら、卒業してから高校の部活なんかに来る気ある？」

友哉が全員に訊《き》く。

「ないな。現役部員に嫌われたくないし」

誰かがきっぱりと答えた。

「だろう？　あいつら建前としては〈現役部員に気合を入れるため、忙しい中、何とか時間を作って来ている〉ことになってるけど、本当のところは、絶対に自分たちのストレス解消に来てるよな！」

「そんな風に蔭《かげ》で文句を言っていると、本人たちの前でもうっかり態度として出ちゃうことがあるから、止めた方がいいぜ。あいつら、とか呼ぶのも止めた方がいい」

圭介が冷静に忠告したが、興奮している友哉は収まらない。

「だけどやっぱり一番むかつくのは〈落としの韮崎〉だよなぁ。一年生相手に絞め技ばっかりやるなんて尋常じゃない」

「だけど柔道の中に絞め技という技がちゃんとある以上、仕方がないことだよ。別に殴ったり蹴《け》ったりするわけじゃないんだから。それを防げない俺たちが弱いってことだよ」

圭介が再びやんわりと窘《たしな》める。

「確かに柔道の一部ではあるんだろうけどさ、でもオリンピックや世界選手権で、絞め技で勝負が決まるところなんか、一度も見たことないぜ」

「国際柔道は立ち技偏重だから仕方がない。瞬時に抑え込みの体勢に入らなければ、すぐに〈待て〉がかかって寝技の攻防自体ほとんどやらせてもらえない。だけど本家本元の日本柔道では、寝技も関節技も絞め技も、立派な柔道の一部だよ。それくらいお前だって知っているだろう？」

「もちろん知っているけどさ……」

友哉は不承不承頷《うなず》いた。

そうなのだ。柔道は国際化して〈ＪＵＤＯ〉となって行くその過程で、寝技・絞め技・関節技などをどんどん切り捨てる方向へと向かって行き、その結果現在の、海外で〈道着をつけて行うレスリング〉と呼ばれるような競技に成り下がってしまったが、古式柔術の末裔《まつえい》としての本来の柔道は、れっきとした総合格闘技なのだ。それも極めて実戦向きな。打撃技こそないものの、殴る蹴るよりも、ある意味はるかに実戦向きな——。

柔道が実戦向きだと言うと、意外に思う人が多いかも知れない。確かに〈ＪＵＤＯ〉は、もしもストリートファイトのケンカになったら、多分あんまり役には立たないだろう。

だが日本の柔道は違う。

本気で向かって来る相手に、打撃技で殴り合ってＫＯするのは、相当な実力差がない限り容易なことではない。仮にＫＯすることができたとしても、こちらもそれ相応のダメージを受けることは、覚悟《き》しなければならないだろう。

だが相手の関節さえ極めてしまえば、こちらは全くダメージを蒙《こうむ》らずに、相手の腕がしばらく使い物にならないようにすることなど、柔道の有段者ならば朝飯前のことである。とりあえず一対一ならば、仮に相手が凶器を持っていたとしても、それが果物ナイフや匕《あい》首《くち》程度のものだったら、素手で立ち向かっても有段者だったらまず負けることはない筈だ。最初の一突きさえ躱してしまえば——極端な話、致命傷にならない箇所で故意に受けてでも——、凶器を持つ相手の手首さえ摑むことができれば、あとは投げるなり極めるなり、基本的な柔道技で正直どうにでも料理することができる。さらに絞め技の封印を解けば——相手の首を堂々と絞めることが許される〈競技〉を、少なくとも僕は他に知らない

――、ものの数分で相手をあの世に送ることだって充分に可能だ。もちろんそんな状況はないに越したことはないが、殴る蹴る一辺倒の打撃系格闘技よりもある意味〈実戦向き〉という言葉の意味は、理解してもらえるのではないだろうか。自分の肉体一つで相手に立ち向かい、万が一の時には素手で相手の命をも奪えるくらい、その身を極限まで研《と》ぎ澄ますこと、そこまでの技術や鍛錬《たんれん》、さらに精神的修業までが一体になったものが、古式ゆかしき本来の〈日本柔道〉の筈なのだ。

「俺はそんなことを言ってるんじゃねえよ。話がずれてるぞ！」

だが友哉は、思い出したかのように再びいきり立った。

「あの人は技とか柔道とか、そういうことはどうでも良くて、ただ下級生を絞めて落とすことだけを楽しんでるんじゃないのかと言ってるんだよ！　そもそもあの人、大学で体育会に入っているんだろ？　四年生だからそっちももう引退なのかも知れないけどさ、本当に高いレベルで柔道やりたいんなら、そっちに顔を出せば良いじゃねえか。それをわざわざとっくの昔に卒業した高校の部活に毎日やって来て、一年生相手に絞め技ばっかりやるなんて、どう考えても普通じゃない。ただのサディストだよ。しかもあの人、小嶋先輩や長岡《ながおか》先輩と当たる順番になると、足の爪がどうのこうの、テーピングがどうのこうの言って勝手に休み番になりやがってさ。それで次が一年生が相手だとわかると復帰して来るんだから、露骨すぎるんだよ！」

「さっきも言ったけど、別に殴ったり蹴ったりして来るわけじゃない。相手は柔道で来るんだから、こちらも柔道で勝てばいい。相手が絞め技に来たらそれを防いで、こっちが絞め技をかければいい。関節を取りに来たら、あべこべにこっちが取って極めてしまえばいい」

圭介が冷静に答える。

「お前簡単に言うけどさ、そもそも俺は絞め技も関節技も、ちゃんと習ったことは一度もないし」

友哉が上体だけ起こして口を尖《とが》らせる。確かに中学柔道では絞め技と関節技は禁じ手だったから、僕等はそれらの技については、かけ方はおろか防ぎ方も教わらなかった。高校の柔道部に入って、上級生からいきなりそれらの技をかけられ、時には関節を極められ、時には落とされたりしながら、少しずつかけ方や防ぎ方を身体で憶《おぼ》えて来たのだ。

「俺だってそうだよ。だけどもう入部して一年近く経《た》つんだから、今さらそれは言い訳にならないだろ」

一方圭介は、あくまでも防げない自分たちが悪いというスタンスを崩さない。

「だけど仮にこっちが抑え込みの体勢になっていても、下から手を伸ばして首を絞めてくるんだぜ？　それで〈参った〉しても離さない相手に、一体どうやって対抗すれば良いんだよ。試合ならばその体勢で三〇秒我慢すれば審判が一本勝ちを宣してくれるけど、練習では止めてくれる人もいない。こんなのが柔道なのか？　俺たちのうちの誰かが、いつか間違って死んでも〈仕方ない〉のか？」

「そんなことは言ってないけどさ……」

「もうよせ。ここで俺たちがケンカしてもはじまらないさ」

僕は見かねて口を挟んだ。

「それに韮崎先輩は四月から東京で就職が決まっているんだ。実質この春合宿が終われば、もう練習に来ることもないだろうよ」

「それな。それを自分に言い聞かせて、ぎりぎりのところで我慢している状態だよ」

友哉はようやく舌鋒《ぜっぽう》を収めた。

それからまた暫《しばら》く沈黙が続いたが、それまで黙ってみんなのやり取りを聞いていた聡《さとし》が、突如素《す》っ頓狂《とんきょう》な声で叫んだ。

「あれぇ？　そう言えば孝之はどこへ行った？」

圭介が不思議そうな声で答えた。

「そうなんだよ。昨日も一昨日も孝之《タカ》のやつ、夕食が終わるといつの間にかいなくなっているんだよ」

僕はどきりとしながらも、何も言わずに黙っていた。

するとさっきから部屋の隅で一人膝を押さえてうんうん唸《うな》っていた晋太郎が、突然がばりと上半身を起こして叫んだ。

「タカの野郎、ひょっとして今夜も女と逢《あ》い引《び》きか⁉　畜生《ちくしょう》、うらやましいじゃねえか！」

逢い引きという言葉の古さにツッコむべきかどうか迷っていると、圭介が首をかしげた。

「あいつ、女の子の前では喋るのかな？」

「ひょっとして、ひたすら黙っていたりして」

聡が笑いながら茶々を入れる。

「黙って、やることだけはやるのかな？」

「まさか。そうなのか？　あいつ」

晋太郎がそう言って身悶《みもだ》えした。皹《あかぎれ》のように細い目を、ランランと輝かせている。

「知らないけど、もしそうでもおかしくはないな。孝之《タカ》は顔もスタイルも良いから普通に女の子にモテるだろ」

友哉が答えると、晋太郎はさらに激しく身悶えした。

「畜生！　無口なやつは得だよな。俺みたいにサービス精神の旺盛《おうせい》な人間は、散々相手を笑わせた挙句《あげく》、〈面白い人〉で終わっちゃうんだもんな。全くもって割に合わないぜ」

「口数が多い少ないは関係ないだろ」

「いや、絶対にそうだ。あいつに彼女がいて俺にいないのは、あいつが無口で俺がお喋りだからだ」

「それだけじゃないだろ」圭介が再び冷静に答えた。「孝之はさ、何かどことなく蔭があるだろ。心に何か大きな秘密を抱えているみたいな。ああいうのがモテるんだよ。一方お前には蔭が全然ない。そこだよ、一番の違いは」

「畜生そうか。じゃあたった今この瞬間から俺は無口になるぜ。もうほとんど貝。しかも蔭ありまくり。真夏日なんか、世界中の人が熱中症予防のために涼みに来るくらい」

晋太郎はそう宣言して黙り込んだが、ものの五分もしないうちにまた口を開いた。

「う〜ん、やっぱり無理だな。俺は口から生まれたんだから」

「何だ。自分でわかっているんなら世話ねえや」

圭介が呆《あき》れたように言った。

とその時、合宿所の階段を登ってくる複数の足音が聞こえて来た。合宿所の夕食のあと、OBたちの奢《おご》りでさらに焼肉を食べに行っていた上級生たちが戻って来たものらしい。

僕等下級生用の部屋のドアが開き、上級生たちの顔が覗《のぞ》く。全員慌てて正座する。膝の痛い晋太郎も、顔を顰《しか》めながら一瞬遅れてそれに従う。

一番先頭にいたのは、阿久津《あくつ》という意地の悪い上級生だ。唇の端に薄ら笑いを浮かべながら言う。

「今夜はOBたち全員、合宿所に泊まっていくらしいぜ。お前たち、明朝のランニングは覚悟しておいた方がいいな！」

「押忍！」

上級生たちの顔が消えてから、僕等は無言のまま互いに顔を見合わせた。

明朝のランニングは覚悟しておけ？

朝のランニングが、一体どうなると言うのだ？

まさか一昔前までやっていたという、鉄ゲタを履いてのマラソンか？

それともまさか、神社での地獄の石段兎《うさぎ》跳びか？

しかも態度が悪いなどと難癖をつけられて、下級生だけ何度も何度もやらされる？

考えれば考えるほど、悪い想像ばかりが膨らんで行く。とにかく体力温存のために早目に寝ようということになり慌てて電気を消したのだが、なかなか寝つかれない。少しでも早く寝ておかないと明日が辛《つら》い——そう思うと余計に焦って眠れない。みんなのイビキと寝息が重なって聞こえて来ると、さらに焦る。

十二時前にようやく戻って来た孝之が、部屋の一番端の自分の蒲団《ふとん》に、静かに潜り込む音が聞こえた。

結局夜がしらじらと明けるころまで、僕は合宿所の薄い煎餅《せんべい》蒲団の中で、まんじりともせずに天井の赤いナツメ球を見つめていた。

3

結局翌朝はOBたちの姿など、影も形もなかった。朝のランニングは馬見瀬《まみせ》川の川べりを、護国《ごこく》神社まで行って戻って来るいつものコースだった。

「俺は最初から出任せだと思っていたぜ。いくら遅くまで呑《の》んでいたって、車で来てるOB連中が、わざわざ合宿所のクソ固い煎餅蒲団なんかで寝るわけがない。運転代行を頼んででも家に帰って寝るだろ。上級生たちはああやって、俺たちの恐怖心を増幅させて楽しんでいるだけなんだよ」

神社の境内でいつもの二人一組のストレッチ体操をやっている間、友哉が上級生の方を横目でちらちら窺いながら、僕の耳にそっと耳打ちする。

「まったくウチの先輩たちは、揃《そろ》いも揃ってみんな性格が良いよなぁ。ほんと涙が出るよ」

真偽の程はともかく、もしもあれも下級生シゴキの一環だったのならば、それはそれで充分な効果をあげたと言えるだろう。何故《なぜ》なら少なくともここに一人、いつもの何でもない朝のランニングを恐れるあまり、ほとんど一睡もできなかった一年生がいるのだから。

ストレッチを終え、貴重な休憩時間を満喫していると、晋太郎が謎《なぞ》の行動に出た。ついさっきまで、「あーもう家に帰りてえよ。かーちゃんのロールキャベツが食いてえよ」などとブッブツ泣き言を呟《つぶや》いていたくせに、突如がばりと境内の敷石の上にうつ伏せになったかと思うと、そのままいきなり腕立て伏せをはじめたのだ。

「一、二、三……」

「どうしたんだお前」

「少しでも体力温存したいんじゃなかったのか？」

晋太郎は返事もせず、大声で数をカウントしながら全力の腕立て伏せを続けている。

「こいつ、本当にわけがわからねえな」

「四、五、六……」

「とうとうおかしくなったのか？」

「七、八、九……」

「ファイト、アタジョ。ファイト、アタジョ」

甲高《かんだか》い掛け声が聞こえたので思わず振り返ると、神社の境内の脇の道を、私立愛宕《あたご》女子高のバレー部員たち——後ろの方の数人がバレーボールを持っていたのでそれとわかった——が、健康そのものという太腿《ふともも》を赤いブルマからむき出しにして、ランニングをしているところだった。私立愛宕女子は基本お嬢様学校なのだが、バレー部は伝統があって、県内でも毎年ベスト4に残るくらいに強い。

「十、十一、十二……」

ようやくその行動の理由を理解した僕等は、腕立て伏せを続けている晋太郎の姿を、呆れながら見下ろした。

「単純な男だな」

「十三、十四、十五……」

「そもそも、女の子が近くを通った時だけ頑張って腕立てやって、一体何になるの？　向こうはお前のことなんか、見てもいないぜ？」

「ふん。あの中の一人くらいは、視線の端で俺様の雄々しい姿を捉《とら》えているかも知れない。そして今後何らかの形でお近づきになった時に、ああの時護国神社の境内で、一心不乱に腕立て伏せをやられていたお方だわと気が付いて、光よりも速いタキオン粒子並みの速度で俺に惚《ほ》れるかも知れない」

女子高生たちの姿が見えなくなるのと同時に、あっさりと腕立て伏せをやめた晋太郎が真顔で答える。

「ないない。可能性ゼロ」

主介が顔の前で片手を左右に振る。

「何故そんなことが断言できる。どんなことであっても、可能性はゼロではない。それならば、今やれることは全《すべ》てやっておくべきだ」

「お前のその前向きな考え方を、他に生かせないの？」

「何か一見カッコ良いこと言ってるように聞こえるのがムカつくな」

「というか、まるっきりサキシマキノボリトカゲだよなあ」

友哉が謎めいたことを言った。昆虫や小動物にやたらと詳しい友哉の将来の夢は、それらの分野で日本一の研究者になることだ。

「何だそれ」

晋太郎が筋肉をほぐすために両腕を回しながら不思議そうに訊く。

「沖縄の石垣島や宮古島のあたりだけに住んでいるトカゲだよ。トカゲは敵につかまると尻尾《しっぽ》を切って逃げることで有名だけど、サキシマキノボリトカゲの尻尾は切れないんだ。だから敵に会った時は、ひたすらぴょんぴょん飛び跳ねて逃げる」

「だから何だ？」

「だから手足が長くて丈夫な方が、生き延びる確率が高い優秀な個体ということになるわけだ。そこでサキシマキノボリトカゲのオスは、森の中などでメスにばったり出食わすと、自分が如何《いか》に優秀な個体であるかをアピールするため、求愛のディスプレイとして、ひたすら黙って腕立て伏せを繰り返すのさ。ちょうど今のお前みたいな」

「俺はトカゲかよ！」

晋太郎は憤慨《ふんがい》した顔で言う。

「おい友哉。トカゲと一緒にしたらさすがに可哀想《かわいそう》だろ」

僕は見兼ねて横から口を挟んだ。晋太郎は現人神《あらひとがみ》を見るような目で僕を見る。

「トカゲが」

「お前ら全員まとめていつかぶち殺す！」

だがこんな駄弁を交わしていられたのはほんの五分程度のことで、すぐに休憩時間が終わり、帰りのランニングがはじまった。

「こらてめえ！　チンタラ走ってるんじゃねえよ！」

叱咤《しった》の声が飛ぶ。走り続けながら振り返ると、聡が一人遅れ、横腹を押さえながら必死の形相でついてくるのが見えた。巨漢の長岡先輩など、ランニングが苦手な上級生もいるので、ペースはそれほど早くはないのだが、累積《るいせき》した疲労のせいか、かなり苦しそうだ。並走してやりたいのは山々だが、一緒に遅れるわけにはいかない。

全員がグラウンドに戻ってから数分遅れて、ようやく聡がグラウンドに入って来た。辿《たど》り着くなり、はあはあ言いながらその場にへたり込む。

阿久津先輩を筆頭に、何人かの上級生が食堂の方へこれみよがしに歩きはじめたのを見て、僕等はへたり込んでいる聡を無理やり起こし、まるで拉致《らち》するかのように引きずりながら上級生たちを追い越した。下級生は練習前には道場の掃除、食事前には食堂で配膳《はいぜん》の仕事がある。そしてあらゆる場面において、下級生が一人でも上級生よりも現場に来るのが遅れたら、連帯責任で下級生全員道場兎跳び一〇周と決まっているのだ。

食事を並べ終わると、食堂の前に整列して先輩たちを待つ。

全員揃うと、それから僕等は隅っこの席について、一斉にハキリムシのような咀嚼《そしやく》を開始する。だが身体の疲れが極限にまで達しているからか、固形物はほとんど喉を通らない。とりあえずお茶をがぶ飲みする。味などほとんどわからないが、食べなくては絶対にもたないことが判っているから、お茶で喉の奥に無理やり流し込む――。

4

道場を掃除しながらも、僕等は今日も次から次へとやって来るOBたちの姿を目の端で捉え、その数を数えている。

そもそもOBたちがこれだけ大量に合宿の練習に押し寄せることになった理由は、昨年秋の新人戦で、この四月に三年生になる今の上級生チームが、県大会でベスト4に入るという快挙をなし遂げたことに依《よ》る。

我が柔道部は歴史と伝統だけはあり、戦前は県大会五連覇――もっとも旧制中学時代の話だから、県大会と言っても一体いくつチームがあったのか定かではないけれど――、全国大会でも準優勝二回という赫赫《かくかく》たる成績を収めたことがあるのだ。だが一応公立の進学校なので、このところめっきり弱くなって、県のベスト4に入るのは実に四〇年ぶりだという。そこでこれを機会にOB会も滅多にやらない特別総会などを行い、そこで今度の春合宿にはできるだけ顔を出して現役部員を〈激励〉しようということを、満場一致で決めたらしい。

もちろん口を出すだけでなく、お金も出している（らしい）。上級生たちは少しでも体重を増やすようにと、合宿所の夕食のあと、毎日のように奢りで焼肉やらステーキやらを食べに行っているし、高価なプロテインやビタミンの錠剤も上級生には支給されている。すり切れてぼろぼろだった道場の四隅の畳——自主練の打ち込みの時に四隅を使うことが多いので、表面の磨耗《まもう》が激しい——も新調されたし、破れたままになっていた高窓のガラス——正月の寒稽古の時など、そこから吹き込んだ雪が畳の上に積もって、乱取りが終わると足が霜焼け《しもや》で赤く腫《は》れ上がったものだ——もちゃんと嵌《は》まった。胸に学校名が朱で刺《し》繡《しゅう》された試合用の道着も新しくなった。こうした各方面の支援により、是非とも夏の総体では七〇年ぶりの県大会優勝、さらにあわよくば創設以来の悲願である全国制覇と、OB会はやたらめったら盛り上がっているのだ。

事実上級生は、よくまあこんなに揃ったものだと感心するくらい、全員体格に恵まれている。全員が重量級か軽重量級であり、この前の新人戦では個人戦でも小嶋主将が九〇キロ級で二位、長岡先輩が一〇〇キロ超級で三位に入ったが、これもやはりここ四〇年では最高の成績だそうだ。

県の総体では、このところ私立のN大付属高校が無敵の強さを誇っていて、実に十二年連続で県大会を制覇している。私立ならではのスポーツ特待生制度を使って、県内は元より全国から中学柔道の有力選手をかき集めているのだから、強くて当然と言えば当然なのだが、今年のレギュラー・メンバーならば、そのN大付属にも充分対抗できると、OB会は意気軒昂《けんこう》だ。N大付属はその十二年間のあいだに全国優勝一回、準優勝二回と、その強さは全国でも折り紙つきであり、ということは逆に言えばN大付属を破って県大会さえ突破できれば、全国でも充分に戦えるということであり、OB会が創立以来の悲願である全国制覇をと期待するのも、あながちただの夢物語とは言えないのである。

もっとも期待できるのは現在の上級生チームの代だけで、来年はお先真っ暗なことは、残念ながら衆目の一致するところである。僕等一年部員はわずか六人で、しかも全員が六〇キロ以下の軽量級。身長だけはそこそこある晋太郎が、一時《いっとき》六〇キロを超えそうなところまで行ったらしいのだが、この合宿に入ってから、食事が喉を通らないため四キロ痩《や》せたそうだ。いちばん小さい圭介に至ってはいまだ五〇キロ未満で、何とか性別さえごまかせば、女子柔道の一番軽いクラスにも出場できそうな体格なのだ。

柔《じゅう》よく剛《ごう》を制す——柔道におけるこのスローガンはあまりにも有名だ。では柔道の試合では、身体の小さい選手が大きな選手を投げ飛ばすことが頻繁に起こるのかと言うと、残念ながらそんな場面に出くわすことは滅多にない。そんなことができるのはあくまでも達人の域に達した柔道家の場合であって、中学高校レベルの柔道では、九割九分かそれに近い高い確率で、〈剛が柔を制し〉てしまうのだ。だからどこの学校でも、よほどの選手でない限り、体重の軽い選手は個人戦に専念させ、無差別の団体戦は重量級の選手をずらりと五人並べて来る。N大付属の団体戦レギュラーなんて、体重が三ケタの者ばかりだ。したがってお前たちの代はどうせ一回戦敗退に決まっているんだから、今からOB会に詫《わ》び状《じょう》を書いておけという阿久津先輩の毒舌に対しても、僕等は何ひとつ反論することができないのである。

　だったら団体戦はもうはじめから捨ててしまって、体重別で行われる個人戦に全力を傾注すれば良いじゃないかという意見もあるだろうが、そう簡単に割り切ることも難しい。そもそも個人戦にエントリーできるのは、同一階級に各学校二名までという決まりがあるので、このまま行ったら軽量級ばかりの僕等の半分以上は個人戦には出場することすらできないわけだが、もっと大きな理由があって、それは僕等はみんな中学柔道で、個人戦で優勝するよりも団体戦で一試合勝ち進むことの方が、はるかに喜びが大きいことを知ってしまっているということだ。

　先鋒《せんぽう》・次鋒《じほう》・中堅《ちゅうけん》・副将《ふくしょう》・大将《たいしょう》の五人で一チームを組んで戦う団体戦は、その五人中三人が勝てばいい。さらに個人戦と違って試合終了時に両者のポイントが並んでいた場合は、副審による旗判定はなく引き分け扱いになる。従ってたとえ二勝でも、場合によっては一勝でも——勝ち数が並んでいた場合には大将戦を取った方が、大将戦が引き分けの場合は副将戦を取った方が勝ちになる——勝ち抜ける可能性がある。つまり個人戦と違って、駆け引きが介入する頭脳戦の一面もある。誰がポイントゲッターになり誰が捨てゴマを引き受けるのか、メンバー全員で頭を絞って作戦を練り、ポイントゲッターは確実に勝ちを取りに行き、相手のポイントゲッターと当たった者は、必死に耐えて極力引き分けに持ち込む——そうやって僕等は、ささやかながら中学柔道で幾つかのドラマを経験してきたのであり、柔道をやっている以上、団体戦を無視するあるいは軽視することは、本能的にできない。これは僕の個人的な意見だが、試合を行う側にとっても観戦する側にとっても、競技としての柔道の最大の醍醐《だいご》味《み》は五対五のこの無差別団体戦であり、オリンピックの柔道競技に無差別団体戦がないことで、世界の柔道家たちは競技人生の喜びの、また柔道愛好家たちは観戦の喜びの、それぞれ半分近くは奪われてしまっていると言っても決して過言ではないと思う。

準備運動のあと受け身をやって、打ち込みの練習。二人一組になって同じ技を一〇〇本打ち込む。打ち込みとは相手の身体を宙に浮かせるところまで技をかけることだが、上級生の中にはそのまま何の前触れもなしに本当に投げる人もいるので、常に受け身をしっかり取れるように心がけていないと思わぬ怪我《けが》をする。

打ち込みが終わると、いよいよ乱取り、これは二人一組になって行う実戦形式の立ち技の応酬だ。

晋太郎が畳の上で、前のめりになって苦しがっている。口の端から垂れた涎《よだれ》が糸を引いて、畳に零《こぼ》れている。

どうやら上級生に内股《うちまた》をかけられた時、相手が撥《は》ね上げた足がもろに急所を直撃したものらしい。これだけは女子柔道では、絶対にお目にかからない光景である。また本人は涙が出るほど辛いのに、周囲から集まるのは主に同情よりも失笑という、やりきれないことおびただしい負傷でもある。苦痛に顔を歪めながら四《よ》つん這《ば》いになった晋太郎は、身体の中に入ってしまったものを元の位置に戻すため、その体勢でヒキガエルのようにぴょんぴょん跳ねる。

今日もまた一番最初にぶっ倒れたのは圭介だ。体が一番小さいくせに、クソ真面目で一切手を抜くことをしないからだ。失神した圭介の体を板の間に横たえて、休み番がバケツに水を汲《く》んで来て、その顔にぶちまける。〈休み番〉とは練習参加者が奇数の場合、二人一組の練習で一人あぶれた人間のことで、板の間で見学するOBたちに座布団を運んだり、時計を見ながら時間が来ると太鼓を叩いて練習相手の交代を知らせる役目などがあるのだが、やっと休み番が回って来たと思って内心吻《ほ》っとしていると、韮崎先輩あたりが「オレ次抜けるわ」と勝手に休み番になることがあるので、その時は順番が飛ばされることになる。

乱取りが終わると次は寝技の練習。自分の倍近い体重の上級生に上四方固めで抑え込まれ、だぼだぼの重い腹が顔の上にのしかかって来た時は、この先の人生、これ以上に辛いことはあまりない筈だと考えて懸命に自分を励ます。だが先輩たちの道着がはだけていて、一〇〇キロ近い巨体の汗びっしょりの生腹《なまばら》が顔に乗って来た時には、さすがに励まし切れなくなって、両親に先立つ不孝を詫びたくなる。

草を食《は》むような昼食を挟んで、日が暮れるまで練習は続いた。

そしてようやくこの日の練習メニューが全て終わって最後のストレッチに移ろうとした瞬間、〈気合入れ〉のOBたちが大股でやって来て、持っている木刀の先で僕と晋太郎と孝之の三人を次々と指した。

「お前たち三人、罰として兎跳び道場一〇周だ！」

罰？　一体何の罰だというのだ？

まったく身に覚えがない僕と晋太郎は、顔を見合わせる。

だが孝之はいつも通りの無表情のまま、黙って先頭に立って兎跳びをはじめた。僕と晋太郎は釈然としない思いを抱いたまま、仕方なくそれに続く。

道場は全部で八十八畳ある。途中でよろけて前に進むと、監視のOBたちの手で元の位置に戻される。現代のスポーツ医学では、兎跳びは膝の関節や腰を痛めるだけで、筋力アップにはほとんど効果がないことが判明しているのだが、下級生がそんなことを言える筈もなく、またそもそも言って聞くOBたちではなく、またあるいはだからこそわざわざ罰としてやらせているのかも知れず、へとへとになって膝が抜けるかと思えるころ、漸《ようや》くゴールに辿り着いた。

　すると今度は別のOBの声が響いた。

「じゃあ最後に連帯責任で、下級生全員であと五周しろや」

「押忍！」

「あと二日の辛抱だ」

　その夜、合宿所の湿った畳の上で伸びながら、僕等はそう言って励まし合った。この地獄のような春合宿もあと二日で終わる。そして四月になれば新入生が入って来て、自分たちは晴れて二年生となり、道場の掃除や食事の準備などの雑用からも解放される。

　そして何と言っても韮崎先輩が、就職のために上京して、もう練習に来ることはなくなる――。

「なあお前ら、知り合いの女の子の名前を紙に書いてくれないか。自分だと、毎回似たような名前しか浮かばなくてマンネリなんだよ」

　とろんとした目をした晋太郎が、突然わけのわからないことを言い出した。

「名前？　そんなもの、どうするんだ？」

「決まってるだろ。妄想の対象にすんだよ」

そう言いながら畳の上にむくっと上体を起こした。ついさっきまで、もうトイレに立つ力もねえよ、誰か空いたペットボトル回してくれよと言って、みんなから大顰蹙《だいひんしゅく》を買ったその男が、細いその目を不気味なほどランランと輝かせている。

「よくそんな体力があるな」

「妄想に体力要《い》らないだろ。と言うか体力なくてもできるのは妄想だけだろ。あーくそ、どこかに女子校の名簿でも落ちてねえかなあ」

「名簿って？」

友哉が素っ頓狂な声で訊いた。

「名簿って言ったら名簿だよ」

「卒業アルバムみたいな、写真がついているやつか？」

「バカ。写真なんか要らねえ。名前だけだよ。女の子の名前がずらりと並んでいるのを見るだけで、俺はどんぶり二〇杯は軽く行けるね」

「晋太郎って名前フェチだったの？」

すると晋太郎はむきになって反論した。

「バカ言え。断じて俺はフェチではない。何故なら本当に好きなのは本体だからな。ただ名前だけでも充分興奮できると言っているだけだ」

顎を突き出しているところを見るとどうやら自慢らしいのだが、一体何が自慢なのか、さっぱりわからない。僕等は全員、どん引きして黙り込んだ。

誰も返事をしないのを可哀想に思ってか、一瞬ののち圭介が、少し上擦《うわず》った声で答えた。

「お、お前の想像力がすごいことは、充分にわかったよ」

充分にわかったからもう黙っていてくれ、という意味だったと思われるのだが、晋太郎はまたもやおめでたい勘違いをしたらしく、得意満面といった顔になった。

「ウソじゃないぜ。架空でも実在でもいいから、お前らが女の子の名前を一〇人くらい紙に書いてくれたら、その紙を凝《じ》っと見るだけで、四秒で鼻血出してやるぜ」

一体何が自慢なのだろう——僕等は黙って顔を見合わせた。

しかし晋太郎は、それを感嘆の延長だと勘違いしたようだった。

「ただし、よねとかたねとかは無しだぜ」

「じゃあ菊乃」

晋太郎と家が近い友哉が言った。

「そりゃお袋の名前じゃねーか。ダメだ、完全に萎《な》えた」

晋太郎は畳の上に大の字になった。

5

合宿の最終日、僕は落とされた。〈落としの韮崎〉に片羽《かたは》絞めでやられたのだ。

よく子供などが、時計を見ながらまたは友達と競争で、どれだけ息を止めていられるか実験したりする。だがそれで死んだという話は聞いたことがない。仮に息を一分や二分止めていても、体内の循環によって脳には血液が送り込まれており、その血液がちゃんと酸素を運んでくれているからだ。海女《あま》さんが五分も六分も素潜《すもぐ》りで潜って、雲丹《うに》や鮑《あわび》などを獲《と》って来られるのも同じ原理だが、柔道の絞め技は、その脳への血流そのものを止めてしまうことを目的とするものだ。そして脳への血流が完全に止まると、人間はものの一〇秒程度で意識を失う。

はじめは胸が破裂しそうになる。頭の中が、灼《や》かれたように熱くなる。それからあたりが暗くなり、意識がすうっと遠のいて行く。

きっと〈死〉とは、あの状態がもう少しだけ続いた先にあるのだろう——。

活を入れられ、意識が戻った時の感じは、言葉では何とも言い表し難《がた》い。頭痛と吐き気。そして柔道着を着て動いているまわりのむさ苦しい連中が、長年使い込まれて表面が毳立《けばだ》ち、ところどころすり切れている青く堅い畳が、道場の壁に架けられている扁額の《鎧袖《がいしゅう》一触《いっしょく》》の四文字が、目に映るそれら一切のものが、初めて見るようなよそよそしいものに見える。確かに見覚えはあるのだが、それらが何であるかを認識できないと言った方が正確だろうか。何だか別の惑星に一〇年くらい行っていて、たった今地球に戻って来たばかりという気がする。

太鼓が鳴ったので、反射的に礼をしたことは覚えているが、目の焦点が合わず、舌も縺《もつ》れてうまく喋れなかった。

「はりがとうごはいまひた」

練習が終わってから鏡を見ると、両眼《りょうめ》の毛細血管が真っ赤に充血して、光に透《す》かして見た孵《かえ》る直前の卵のようになっていた。眼の腫れはなかなか引かなかった。

合宿最終日の夜は公然と酒が出た。僕等は全然美味《おい》しくないと思うビールや、ＯＢたちが持ち込んで来た安ウィスキーを飲み、一人一人何か芸をやらされた。友哉は得意の鳥の啼《な》き声《ごえ》の声帯模写をやり、僕はプロレスラーの物真似《ものまね》をした。蒼《あお》い顔をしていた聡は、自分の番が回って来ると意を決したように立ち上がり、いきなり何の前口上もなしに、初代明石志賀之助《あかししがのすけ》、第二代綾川五郎次《あやがわごろうじ》、第三代丸山権太左衛門《まるやまごんたざえもん》、第四代谷風梶之助《たにかぜかじのすけ》、第五代小《お》野川喜三郎《のがわきさぶろう》、第六代阿武松緑之助《おうのまつみどりのすけ》と、蒼い顔のまま暗唱しはじめた。みんながそれは大相撲の歴代横綱の名前だと気付いた時には、もう第二〇代を過ぎていた。

だが第三〇代あたりまで行ったところで、ＯＢの一人から「つまんねえからやめろ」と言われ、前よりももっと蒼くなって引き下がった。

次は孝之の番だった。聡に輪をかけて無口で口下手な孝之は一体何をするのだろうと心配していたのだが、何とたった一言「ヒンズースクワット」とだけ言って、その場でスクワットをはじめた。

「何だお前、それが芸かよ！」

何故かこちらは大受けで、僕等は胸を撫で下ろしたが、げらげら笑い続けるOBたちに構わず孝之は黙々とスクワットを続け、「お前、酒が不味《まず》くなるからもう止めろ」と言われるまで、みんなが酒を飲んだり柿《かき》の種《たね》を頰張《ほおば》ったりスルメを齧《かじ》ったりしている脇で、汗をだらだら垂らしながら一時間近くそれを続けた。孝之の足元の畳は、滴《したた》り落ちた汗で、ちょっとした水たまりのようになっていた。OBたちは大声で春歌を歌い、無理やり何杯も飲まされた晋太郎は、洗面所でゲーゲー吐いた。

Ⅱ

1

四月になり、学校は新入生で溢《あふ》れ返った。

僕たちも進級して、晴れて高校二年生になった。

だが念願の部活の〈上級生〉にはなれなかった。

何故《なぜ》なら柔道部には、ただの一人も入部希望者がなかったからだ。

嫌な予感はしていたのだ。入学式の翌日に、講堂に新入生全員を集めて行われる部活ガイダンスなるものがあり、そこで各部の部長が壇上に登って新入生勧誘のために一席ぶつのだが、ここで小嶋主将が、恐らく他の部に対して威を振るおうとでもしたのだろう、

「柔道部《ウチ》は今年、ズバリ全国制覇を狙《ねら》っている。だから練習は、はっきり言ってハンパじゃない。生半可《なまはんか》な奴《やつ》の入部は断る！」

などと宣言してしまったのだ。おまけに百十キロある長岡先輩を隣に立たせ、

「小さい奴はウチにはもう腐るほどいる。こいつぐらい体格のある奴を募集している！」

とぶち上げた。元々岩のような体格の長岡先輩が、道着の下にさらに二つ折りにした座ブトンを入れて、胸板を厚くしていたのだからこれはもう堪《たま》らない。僕等の学校は文武両道というモットーの下に、とりあえず全員どこかの運動部に入るように半ば強制的に指導されるのだが、それでも柔道部にはただの一人も来なかったのである。その代わりというわけではないだろうが、野球部とバスケ部、それにテニス部は、ガイダンスのあったその日のうちに、定員の二倍近い入部希望者があったらしい。

「全くあいつら、何考えてんだよ！　ただでさえ女にモテない斜陽のスポーツなのによ！　あれじゃャビビッて、入るつもりだった奴も入らないよ！」

道場を掃除しながら、友哉が上級生を公然と批判する。

「大丈夫だよ。そんなに人気がないってことはないだろ」

圭介が希望的観測を述べる。

「二週間も経《た》てば、やっぱりやりたくなった奴や、他の部が合わなくて辞《や》めた奴とかが入って来るさ。何と言っても柔道は、日本の国技だからな」

「ち、ちがうよ。国技はす、すもうだよ」

聡が吃《ども》りながら横から訂正した。

圭介の予想は残念ながら外れ、二週間経ち三週間経ち、ゴールデンウイークが終わって五月になっても新入生は入ってこなかったが、上級生たちは別段気にしている素振りもなかった。小嶋主将の考えでは、ここで初心者も含む新入生を抱え、彼等に道場の一部を使わせること自体、創設以来の悲願を達成しようとしている自分たちの練習にはマイナスであり、全国制覇という偉業に比べれば、仮に部員が一人もいない年度が一年くらいあったところで、全く問題ではないと考えているらしかった。それに実際先輩たちが本当に全国制覇でも成し遂げた暁《あかつき》には、その強さに憧《あこが》れたミーハーな入部希望者たちが殺到して、押すな押すなの騒ぎになる可能性だって、あながちないとは言えない。

そこで僕等は二年生になっても、一年生の時と全く同じように、道場の掃除や部室の掃除、先輩たちの道着の洗濯などをこなしながら、練習では先輩たちが自分の技に自信を持つためのかませ犬のような存在として、毎日畳に叩《たた》きつけられ続けていた。

2

そんなある日のことだった。練習が終わった後、晋太郎が謎《なぞ》のふくみ笑いを浮かべながら近づいて来た。

「なあ、今から愛宕女子の新入生を見に行かないか」

「アタジョの？」

僕は驚いて訊《き》き返した。

「そうだよ。そしてもし好みの娘《こ》がいたら、思い切って声をかけてみようぜ」

「本気かよ、お前」

「もう時間が遅くて誰《だれ》もいないいんじゃないの」

そう言いながらも、圭介と聡がいち早く同行する意思を表明した。桜の咲き紊《みだ》れる北国の遅い春、みんな意味もなく高揚した気分になっていたのかも知れない。

しかし友哉は、中学時代からのガールフレンドと待ち合わせていると言い、まあせいぜい頑張れやと余裕の笑みを泛《うか》べながら、その割には後ろ髪引かれるような表情で帰って行った。孝之の姿は、今日もまた練習が終わると同時に消えていた。

「仕方ねえな。行きたくないけど、お前らだけじゃあ、どうせ声をかける勇気もないだろうから、一緒に行ってやるよ」

最後に残った僕は、そう言いながら急いでシャワーを浴びた。

僕等の高校は私服着用がＯＫになっていて、学生服を着ているのは応援指導部だけだ。短髪の頭を拭《ふ》きながら着替えていると、何故かまだ着替えていない晋太郎が、後ろから近づいてきてだみ声で言った。

「お前ら、何で着替えてるんだよ」

「えっ？」

「柔道着のまま行くんだよ」

「道着のまま?」

驚いて訊き返すと、晋太郎が皹《あかぎれ》よりもなお細い、ほとんど切り傷のような目の端《はし》にうすら涙のようなものを浮かべて、俺《おれ》たちはとにかく男らしさをアピールするしか手がないんだからと力説した。柔道着に黒帯を締め、有段者のみが帯に入れることが許される講道館《こうどうかん》の文字の刺繍《ししゅう》を外側に向けて、それに鉄ゲタを履いていけば完璧《かんぺき》だと思うんだよ。

使われなくなって久しい鉄ゲタは、部室の隅でダンボールの中にごちゃまぜになって入れられていた。それでも鼻緒の位置で左右がわかる。圭介と聡が、鼻緒が切れたり弱っているものを除いて人数分の鉄ゲタを揃《そろ》えている間、言いだしっぺの晋太郎は一人道着の下《した》衣《ごろも》の紐《ひも》を緩《ゆる》めて、もぞもぞと股間《こかん》を直していた。どうやらこれからの冒険を心の中で思い描いているうちに興奮して、具合の悪い位置で勃起《ぼっき》してしまったらしかった。

僕等四人は、ガランゴロンという重い金属音をアスファルトの上に響かせながら、刑事ドラマのオープニングのように横並び一列で歩き出した。初めて履く鉄ゲタは、ひんやりと冷たかった。校庭のプールからは消毒のカルキの臭《にお》いがした。風が吹くと、グラウンドの白線から石灰の白い粉が風に舞って、ちょっとのあいだ空中を舞ってすぐに見えなくなった。

校門を後にし、市道に出た。ここはさすがに横並びというわけには行かない。晋太郎は先頭に立って歩きながら、眉間《みけん》に縦皺《たてじわ》を寄せていた。どうやら少しでも顔を精悍《せいかん》に見せようとしてやっているらしかったが、客観的に眺めるとそれはただ顔つきを余計に兇悪《きょうあく》にしているだけだった。

だがいざ私立愛宕女子の正門が目前に迫って来ると、全員の足が次第に遅くなった。まず、それまで先頭で肩で風を切るように歩いていた晋太郎が、まるで三〇キロ過ぎの勝負どころで突如スタミナ切れを起こしたマラソンランナーのようにずるずると後ろに下がり、それを見た聡がそのまた後ろについた。

「何びびってんだよ、お前ら！」

僕と圭介は振り返ってそんな二人を嗤《わら》い、あいかわらずガランゴロンと大きな音を立てながら歩いていたが、知らず知らずのうちに歩幅の方は少しずつ狭くなっていた。

そして正門まであと五メートルほどに迫ったところで、後方にいる晋太郎が弱々しく呟《つぶや》いた。

「やっぱり普通の服で来た方が良かったかな……」

ちょうどその時、数人の女子高生が門から出てきて、天下の公道で柔道着に鉄下駄《げた》という、全く意味がわからないが、とりあえずむさ苦しさだけは天下一品という集団に目を丸くし、紺色の制服のスカートの裾《すそ》を翻《ひるがえ》しながら足早に立ち去った。

「柔道着の方が男らしく見えるって言ったのはお前だぜ」

「というか本当の理由は、私服のセンスに自信がないからだろ？」

「だって俺の服、全部かーちゃんが買って来たもんだし……て言うか、そう言うお前は自信あるのかよ」

「全くない」

「だろう？　それに鉄ゲタを履くと最初に言ったのは、俺じゃなくて圭介だぜ」

「確かに提案はしたけど、ノリノリでそう決めたのはお前だろ！」

そんな醜《みにく》い言い争いをしていると、聡が突然地面にぺたりとしゃがみ込んだ。

「おなかが痛い」

それを聞いて圭介は、ここで止《や》めるのは本意ではないが、どうも今日はお日柄が悪い、確か仏滅だったような気がするし、聡の具合も心配だから日を改めようと言った。

全く揃いも揃って意気地《いくじ》のない連中である。僕はそんなみんなの態度に業を煮やした。

「情けねえなあ。じゃあ俺一人で行って来るぜ！」

そう言い残して、一人堂々と愛宕女子の校門を潜《くぐ》り、校庭で目に付いた最も可愛《かわい》い娘に話しかけ、すかさず電話番号などを聞き出し、さらに速攻で今度の日曜日に一緒に映画に行く約束を取り付け――ても良かったのだが、やはり自分だけ抜け駆けして幸せになるのは、チームワークをその最大の美点とする我が柔道部としては、いささか都合が悪い。そこで内心胸を撫《な》で下ろしながら踵《きびす》を返して、再びむさ苦しい雁首《がんくび》を揃えて、夕闇《ゆうやみ》迫る自分たちの学校へと戻った。

3

「あれから本当に行ったの、アタジョ？」

翌日の放課後、練習前にいつものように道場を掃除しながら、友哉が昨日の首尾をしきりに聞きたがった。

「ああ、行ったよ」

「それで、どうだったの？」

「それがさあ、すげー可愛い四人組でさ、テニス部の新入生。晋太郎なんて見た瞬間に思わず鼻血ドバー！　しかも四人とも現在彼氏募集中なんだって。いやーこの世の中、まんざら捨てたもんじゃないなあ」

圭介がそう言うと、友哉の顔はさっと蒼《あお》ざめた。

「そ、それで連絡先とかは？」

「もちろん交換したさ。と言うか全員その場で、もう週末の一対一のデートの約束まで取り付けてあるし」

「嘘《うそ》だ！　絶対に嘘だ！」

友哉が首を横に振りながら、譫言《うわごと》のように繰り返す。

「何だよお前、嘘だという証拠はあるのかよ」

晋太郎がたたみかける。

「しょ、証拠はないけどさ……」

友哉は口ごもる。

「じゃあ黙ってろよ」

「嘘だという証拠はないけどさ、確信だったらあるよ」

「何の確信だよ」

「お前らの人生に、そんな良いことが起こる筈《はず》がないという絶対的な確信だよ」

「ずいぶんと言ってくれるじゃねえか。そういうお前こそ、昨日のデートはうまく行ったのかよ」

「デート？」

友哉は一瞬怪訝《けげん》そうな表情をしたが、それから慌てて頷《うなず》いた。

「ああデートね、それはもうね、いつも通り絶好調だよ」

僕と晋太郎は、顔を見合わせてふくみ笑いをした。友哉も実は彼女なんかおらず、見栄を張って、いるフリをしているだけなんじゃないのか？

「ほら、俺らみたいに日常的に会ってるとさ、もうデートという感覚じゃなくなって来るから」

「ふうーん」

だが僕等のその笑みは、次の瞬間凍《こお》りついた。

道場の入り口に、ここにいる筈のない人間の顔が見えたからだ。

「どうして……？」

箒《ほうき》を片手に持ったまま、晋太郎が呟いた。

その晋太郎は、今日はいつもよりも行動的だった。最近また伸びてきた上背《うわぜい》を屈《かが》めながら、着替え終わって道場に入って来た小嶋主将に近づいて行った。

「あのお……すいません。韮崎先輩は、東京の商事会社に就職したんじゃなかったんスか」

「ああ、あの人か……」

黒帯の結び目を直していた小嶋主将は、俺もちょっと困っているんだと言わんばかりに、苦笑交じりに答えた。

「何でも就職が直前でオジャンになって、もう一年大学に残ることになったらしい」

思わず箒を手からすべらせた晋太郎は、それを拾いながら戻って来た。

「何だよ。それじゃあその腹いせに、俺たちを落として遊んでいたんじゃないのかよ！」

友哉が苦々しく呟いたが、誰も返事をしなかった。

着替え終わって道場に入って来た〈落としの韮崎〉は、掃除をしている僕等の姿を見てちょっと首を傾《かし》げ、傍《そば》にいた阿久津先輩を呼び止めると、すぐに素《す》っ頓狂《とんきょう》な声を出した。

「なにい？　新入生がゼロだと？」

「あいつらの勧誘がなってないんスよ」

阿久津先輩が、そういって僕等の方を顎でしゃくった。

「ふうーん……」

〈落としの韮崎〉が、何か思いついたかのように薄笑いを浮かべるのが見えた。

その日の練習での僕等は、まるで絞《し》め技の実験台になったようなものだった。順番を無視して下級生とばかり当たりたがる〈落としの韮崎〉に、片羽絞めに裸絞め、送り襟絞めに三角絞めと、ありとあらゆる体勢で絞められた。

「昨日練習試合でエラーしちゃってさ。試合のあと地獄の一〇〇〇本ノック受けさせられたよ。もう身体《からだ》じゅう痛いのなんのって」

「ウチなんか五〇メートルダッシュ一〇〇本。一〇〇本だぜ一〇〇本。狂気の沙汰《さた》だよ。もう足が上がんねえよ」

野球部やサッカー部のクラスメイトたちが、そんな話をしていると僕等は黙り込む。

ブラック部活なんていう言葉はまだなかったけれど、公立男子高の運動部なんて、どこだって上下関係は厳しいし、多かれ少なかれ特訓という名の下級生シゴキがあるものと相場は決まっていた。だからそんなことを自慢し合っても仕方がないと思っているからだが、実は内心では彼らが羨《うらや》ましいのだ。口を開けば自分たちが余計惨《みじ》めになりそうだから黙っているのだ。

何故なら一〇〇〇本ノックも一〇〇〇本ダッシュも、それ自体は確かにキツいことだろうが、それぞれ野球やサッカーが上手《うま》くなることと直結している。いわば身になるシゴキである。

だが僕等が毎日受けているこのシゴキは、果たして柔道の上達に繋《つな》がるのだろうか？ そう思うとやりきれなくなるのだ。これは一体何の練習なのだ？ いつか首を絞められて殺される練習？

その日の練習が何とか終わり一息ついていると、まだぜいぜいと喉《のど》を鳴らしている僕等だけ、なおも残るように命令された。

簞笥《たんす》のような体格の大学五年生が、正面の扁額《へんがく》の前に腕組みをして立っている。

何か恐ろしいことが起こりそうな時に、あえて全く関係のないことを考えようとするのは、脳の一種の逃避作用だと聞いたことがあるが、その時僕は、壁に架けられた扁額をぼんやり見つめながら、そこに揮毫《きごう》されている四字熟語の意味を憶《おも》い出していた。鎧袖一触《がいしゅういっしょく》——確か相手に触れるか触れないうちに、まるで鎧《よろい》の袖《そで》で一払いするかのように、相手を楽々と打ち負かしてしまうという意味だ。

「なあ、お前ら」

野太い声に我に返った。

「押忍《おす》！」

声を合わせて答える。

「新入生がいないんだってな」

「押忍！」

「お前らの責任だよな」

誰も答えなかった。とんでもない言いがかりだった。上級生だってそれはわかっている筈だった。だが上級生たちはみな、ニヤニヤ笑いながら着替えて帰って行く。唯一の頼みの綱である小嶋主将も、道場に一礼して帰ってしまった。

「新入生の勧誘に失敗した罰だ、お前ら全員そこに正座しろ」

僕等は屠殺《とさつ》の順番をおとなしく待つ仔羊《こひつじ》のように、畳の上に並んで正座した。何か言えば、今度は先輩に口答えしたという別の罪状が付け加わるだけだった。

まず最初に頬を一発ずつ思いきり殴られた。口の中が裂け、鉄臭《くさ》い血の味がした。

〈落としの韮崎〉は、一番怯《おび》えておどおどしていた聡を、正座の列から引きずり出した。わざわざ一度立たせてから払い腰で畳に叩きつけると、そのまま聡の背後からのしかかり、裸絞めをかけた。聡は顔を歪《ゆが》めたまま青白くなり、やがて全身から力が抜けて、落ちた。もちろん途中で何度も畳や相手の腕を叩いていたが、大学五年生は全くのお構いなしだった。

次に圭介が引き出された。

僕はざっくり割れた口の中の傷を舌先で舐《な》めて、鉄の味を感じながら、圭介の顔が紫色に変わって行くのを眺めていた。これは技のかけ方が下手な証拠だ。何度も言うが頸動脈《けいどうみやく》をきちんと絞めて、脳に向かう血液の流れを完全にシャットアウトすれば、人はわずか一〇秒程度で〈落ちる〉。だがこれは動脈が絞まっておらず気道と静脈だけが絞まっているから、血液がどんどん顔面にたまって鬱血《うつけつ》するのだ。これだとかけられている方はなかなか失神できず、落ちる寸前まで窒息死する時と同じ苦しみを味わうことになる。

やがて波打ち際でつかまったカニのように、圭介の唇の端から白い泡が零《こぼ》れはじめた。大学生はあと一歩とばかり、虫でもひねり潰《つぶ》すかのように、太い腕をぐいぐいと左右に振って力任せに絞め続ける。

その隣で聡がようやく自然蘇生《そせい》して、ゲーゲー言いながら潰れた喉を押さえてのたうち回った。

それらの光景を見ているうちに、僕は突如として目から火が出るような怒りに囚《とら》われた。以前圭介が言ったように、絞め技も確かに柔道の一部なのだから、練習や試合でいくら絞められようと、落とされようと、それは仕方がない。僕等は〈道着をつけて行うレスリング〉をやりたいのではなく、実戦向きで、極《きわ》めるには心技体全《すべ》てが揃っていなければならない〈日本柔道〉に憧れてこれをはじめたのだから――。

それは日常的に覚悟を身に纏《まと》うことだ。わずかな時間脳に血液が行かないだけで、脳は甚大《じんだい》なダメージを蒙《こうむ》ることも、一度死滅した脳細胞は二度と再生することがないことも、僕等は知っている。だが極端な話、僕等は柔道の練習や試合で、たとえその先一生残る障害を負うことになったとしても、それに関して泣き言を言うつもりは毛頭ない。柔道をちゃんとやるということは、ただ肉体を鍛えたり、技を磨《みが》いたりするだけではなく、同時にそれくらいの覚悟を日常的に身に纏って生きるということでもあるからだ。

それは言ってみれば、剣こそ手にしていないが、今のこの国には希薄になってしまったサムライの心であり、だからこそ僕等は、老若男女を問わず、真剣に柔道に取り組んでいる人のことを、無条件に尊敬して止《や》まないのだ。時代錯誤と言われようが、そういう人になりたいから柔道をやっているのだ。

（だからその覚悟も何もない一般の生徒に、体育の授業で無理やり柔道をやらせることには反対だ。授業でやるのは立ち技だけだとしても、それでも危険だ。特に投げるよりも足を刈る形の技がやばい。受け身もロクにできない人間に大外刈りをかけるなんて、ピンポイントで後頭部を損傷しろと言っているようなものだ――）

だがこれはどう考えても、柔道でも何でもない！

自分たちはただ柔道をやりたいだけなのに、どうしてこんな理不尽なことを我慢しなければならないのか!

誰かが何かを大声で叫んでいた。

隣で正座している晋太郎が、びっくりしたような顔で僕を見ていた。

叫んでいたのは自分だった。

岩のような黒い巨体が、人形でも捨てるかのように腕の中の圭介の身体を畳の上に投げ捨てると、ゆっくりと立ち上がり、僕に向かって近づいて来るのが見えた。

僕も思わず立ち上がった。

その巨体が僕の道着を摑《つか》むと同時に、僕も相手の袖を摑み、瞬時のうちに身体を半回転させた。身体が勝手に反応していた。

一本背負いが、自分でもびっくりするほど見事に決まった。僕は投げた巨体に後ろからのしかかり、無我夢中のまま左手でその道着の襟ぐりに手を回すと、右手で道着の反対側の胸のあたりを摑んで、それをぐい、と下に押し下げた。

「バ、バカ。何やってんだ。い、いけねえよ」

送り襟絞めは完璧に決まっていた。このまま絞め続ければ、〈落としの韮崎〉をあべこべに落とすことができるだろう。

そしてもし、そのまま絞め続けたら。

いつも僕等が〈落としの韮崎〉にやられているように、相手が落ちているのに離さなかったら――。

だが僕の送り襟絞めは長くは続かなかった。後ろから絞めている僕を、さらに後ろから友哉と晋太郎が、羽交《はが》い締めにしたからだ。

それでも何とか一〇秒近くは頑張ったが、二人の力には敵《かな》わない。僕は大学五年生の首と道着の襟から手を離した。

箪笥のような巨体がたちまち起き上がり、改めてものすごい形相《ぎょうそう》で僕に飛びかかって来た。

「きさま、先輩に対して何のつもりだ！　覚悟はできているんだろうな！」

ところがその手は僕に触れなかった。

何か白い敏捷《びんしょう》な動物のようなものが、目にも留まらぬ速さで、大学生の背後に襲いかかったからだ。

孝之は〈落としの韮崎〉の太い首に右腕を巻きつけると、あっという間に左手を脇《わき》の下から首の後ろへと回し、完璧な片羽絞めの体勢に入っていた。大学五年生が鯱《しゃちほこ》のように上体をのけぞらせると、両足をその胴にからめ、相手の腿《もも》を足でしっかり抑え込んだ。

僕等はあっけに取られながら、その光景を見つめていた。

晋太郎も友哉も、今度は止めることも忘れたかのように、口をあんぐり開けて孝之を見ていた。その隣で圭介が、畳の上でごほごほ言いながら、末期の肺病患者のように胸を激しく上下させている。

〈落としの韮崎〉はあっさりと落ちた。孝之が技をかけ始めてきっかり一〇秒後、毛むくじゃらの両手がだらりと垂れ下がり、厚い唇は半開きになり、全身の筋肉が弛緩《しかん》した。

みんな、畳から半身を起こしてぼんやりそれを見ている。

目の前の光景が信じられないのだ。あのモヤシのような体格の孝之が、自分の倍以上の体格の大学生に絞め技をかけ、あっという間に落としてしまったのだ。端正な顔で、いつも黙々と汗を流している、あの無口な孝之が――。

大学生の顔が紙のように白くなった。

だが孝之は、一向に離す気配を見せない。

ほぼ同時に危険に気付いた僕と晋太郎が、左右から慌てて孝之の腕を摑んだ。

「落ちてる！　落ちてるよ！」

だが孝之の両手はびくともしない。孝之の腕と大学生の首の間に何とか手を入れようとしたが、孝之の両腕は、猪《いのしし》のような短い首にがっちり食い込んでいて、指一本入らない。

「おい、孝之……は、離せ……」

孝之を揺すぶりながら、晋太郎が譫言のように繰り返した。

「離さない！」

孝之がこの日はじめて喋《しゃべ》ったその言葉の、決然たる調子が僕等をたじろがせた。

だがその時、畳からバッタのように飛び出して、孝之の頰を思い切り張った者がいた。

それはたったいま蘇生して、目の前の状況を瞬時に理解したらしい圭介だった。

「バカ野郎！　もしものことがあったら、先輩たちも俺たちも、試合に一切出られなくなっちまうだろうが！」

この一言は効いた。孝之の端正な顔立ちがさっと歪《ゆが》み、その瞬間にあれほど鞏固《きょうこ》だった両腕から、力がすっと抜けるのがわかった。

僕と晋太郎がもう一度飛びついて、その腕を大学生の首から離させた。

大学生の箪笥のような巨体が、畳の上にずるずると辷《すべ》り落ちる。

その巨体を数人がかりで座らせ、背中に回った圭介が活を入れると、〈落としの韮崎〉は蘇生した。暫《しばら》くは目の焦点が合っていなかったが、やがて突然何が起こったかを思い出したらしく、飛び起きて僕等全員を恐ろしい形相で睨《にら》みつけた。

その瞬間僕等は、最初からまた並び直させられて、順番に絞め落とされることを覚悟した。

だが、大学五年生はそうしなかった。

「お、お前ら、せ、先輩に対してこんなことして、た、ただで済むとは思ってねえだろうな！　ま、ま、待っていろよ。臨時のＯＢ会を招集して、てめえらの処分を考えるからな！ は、は、半殺しじゃ済まないかも知れないからな、か、覚悟しておけよ！」

回らない舌で、吐き捨てるようにそれだけ言うと、自分の帯を拾い、そのまま誰もいない更衣室の中にそそくさと消えた。

4

だが〈落としの韮崎〉は、その日を最後に、二度と練習にやって来なかった。

臨時のOB会が招集されたという話も聞かなかった。

学校の正門前には一軒のラーメン屋があり、練習が終わったあとにその前を通ると、空《す》きっ腹《ぱら》がぐうと鳴る。春合宿中は、練習が終わってもぜんぜん食欲がなかったのになどと不思議に思っているうちに、足はいつの間にか暖簾《のれん》の下に引き付けられて行く。あるいはラーメン屋のおやじは、入口のガラス戸をわざと少し開けて、鶏《とり》ガラスープの良い匂《にお》いを部活帰りの高校生たちに嗅《か》がせているんじゃないかと疑ってしまう。

「食っていこうぜ」

圭介が僕に声をかける。先を歩いていた晋太郎は、もう暖簾を潜っている。列車通学の圭介と晋太郎は、とても家まで空きっ腹が持たないので、毎日軽食を食べられるぐらいの小遣いを貰《もら》っているのだ。市内から自転車通学の僕には、それがとてつもなく羨ましい。

「だめだよ。金がない」

　圭介は僕の顔を凝《じ》っと見て、それからあっさりと言う。

「いいよ、今日は俺が奢《おご》る」

「すまん」

　僕は圭介の後について暖簾を潜る。

「何だか今日の練習は軽く感じたな」

　四人掛けの席で晋太郎の隣に座り、学生ラーメンを二つ注文してから圭介が言う。僕は同意した。

「お前もそうか。実は俺もそう感じたんだ。何か物足りないようなさ」

「変だな。いつもと同じ練習メニューなのにな」

「それは違うよ、お前ら」

　晋太郎が先に運ばれて来た自分のラーメンに、スープの表面が見えなくなるぐらい胡椒《こしょう》を振りかけながら、こちらに顔を向けた。

「練習が軽かったんじゃない。俺たちの基礎体力がアップしたんだよ」

　そう言って一口ラーメンを啜《すす》ったが、忽《たちま》ちへいくしょんと言いながら唾液《だえき》と鼻水を垂らし、それらを自分のラーメンのスープに混入した。

「あ、きたね……」

「うるせえ。これがうまいんだよ」

晋太郎はそう強がりを言うと、意地になったような顔で、スープを最後の一滴まで飲み干した。

ラーメン屋を出るとその晋太郎が案の定、

「ダメだ、喉がいがらっぽい」

顔を顰《しか》めながら自販機でコーラを買い、ガブガブと飲んだ。ほとんど一気に呑《の》み終わると、すかさずゲップをする。全くもって忙しい奴である。そして空き缶を捨てようとした瞬間にその手を止めて、色めきたって叫ぶ。

「おい、見ろ見ろ見ろ！」

「今度は何だよ」

「この自販機、感じやすいらしいぞ」

「何言ってんだ、お前？」

とうとうおかしくなったのかと思いながら僕は怪訝な声で答えたが、隣にいた圭介が次の瞬間噴き出した。

「確かに、ビンカンと書いてあるな」

晋太郎が得意満面といった顔をする。

「だろう？　どんな風にビンカンなのかなあ、自販機ちゃんは」

「自販機じゃなくて脇のゴミ箱だけどな」

ようやく理解した僕は、呆《あき》れ返りながら言った。

「お前ら一回、病院で頭の中診《み》てもらえ！」

友哉が柔道部を辞めたのは、夏合宿の直前だった。気付いたらもう大学受験までわずか一年半しかないのであり、のんびり柔道なんかやっている場合じゃないと突然気が付いたのだと言う。

中途退部者には兎《うさぎ》跳び道場二〇〇周という、気の遠くなるようなペナルティが科せられる。友哉は日曜日の朝九時から、休日練習している僕等の外側を、黙々と跳び続けた。一〇〇周を越えたあたりから全く前に進まなくなったが、友哉は口から血のまじった唾《つば》を吐きながら、前に転んで距離を稼ぐこともせず、手を腰の後ろに組んだまま、背筋を伸ばしてゆっくりと一跳び、少し休んではまた一跳びという具合に、きっちりと跳び続けた。

二〇〇周終わったのは夜の八時だった。途中で監視役の上級生も帰ってしまっていたので、もう良いんじゃないかと僕等は声をかけたが、友哉は男のケジメだと言って、一周たりとも誤魔化《ごまか》すことなく、食事はおろか一滴の水も飲まずに、丸々十一時間跳び続けた。

終わった時は、もはや歩くどころか立ち上がることもできなかったので、僕と晋太郎が交代で自転車の後ろに二人乗りさせて、小鹿蔵《おがくら》山の麓《ふもと》にある友哉の自宅まで送り届けた。

夏の総体がやって来たが、上級生たちは意外なほど振るわず、わずか三回戦で敗退した。

決勝までN大付属と当たらない絶好の組み合わせに恵まれたのだが、そのはるか以前に負けてしまったのだ。全国大会への出場権はもちろん得られず、その大会を最後に上級生は引退ということになった。大挙して試合を見に来ていたOBたちは、失望の色を隠さなかった。

優勝はもちろん私立N大付属で、これで県内では向かうところ敵なしの十三年連続優勝となった。

上級生が引退して一週間ほど経ったある日、柔道はズブの素人《しろうと》で、部活には年に数回顔を出せば多い方という顧問の数学教師が珍しくやって来て、新しい主将は誰だと尋ねた。

僕等は互いに顔を見合わせた。まだ決めておらず、練習中の号令は交代でかけていたからだ。学校へ提出する書類に必要だと言うので、五人で無記名投票して決めることにした。

一回目の投票は、全員が一票ずつを獲得して決まらなかった。僕は不言実行型の孝之がふさわしいと思って投票したのだが、みんなそれぞれに自分の考えがあるらしかった。

二回目の投票の時、晋太郎が紙に自分の名前を書いているのが見えてしまったので、僕は書き直して晋太郎に入れた。全く、やりたいなら最初から素直にそう言えば良いのに、世話の焼ける奴である。

「そうか、やりたくないけど、お前らのたっての願いとあれば、責任感が人一倍強い俺としては断わり切れないな」

見事二票を獲得して主将に決まった晋太郎は、そう言って満面のふくみ笑いをした。

一方孝之の姿は、あいかわらず練習が終わるとほぼ毎回音もなく消えていたが、ある日聡がこっそりその後を跟《つ》けて、合宿所の地下にあるウェイトトレーニング室で、黙々とベンチプレスやバーベルを担《かつ》いでのスクワットなどを行っている姿を発見した。良からぬ想像しかしていなかった晋太郎はそれを聞くと、細い目を精一杯瞠《みひら》いて愕《おどろ》いていた。

「合宿で夜になるといなくなったのも、あれもひょっとしてウェイトトレーニングだったのか？」

「ああ」

孝之はぶっきら棒に答えた。

「お前は知っていたのか」

一人だけ愕いた顔をしていないのに気付いて、晋太郎が僕を問い詰めた。

「まあな」

「だったらどうして黙っていたんだよ？」

「恥ずかしいから誰にも言わないでくれと、孝之から口止めされていたからだよ」

実は合宿の初日、誘われて僕も一緒にウェイトトレーニングをやったから知っていたのだ。だが昼間の練習のあまりのキツさに、これで夜もウェイトトレーニングなんかやっていたら、とても最終日まで身体が持たないと、僕が匆々《そうそう》にギブアップした後も、孝之は毎日深夜まで、一人黙々とトレーニングを続けていたのだ。細身のままだったから気が付かなかったが、一年の春にはモヤシのようだった孝之の身体は、ちょっと見ない間に研ぎ澄まされたジャックナイフのようになっていた。

やがて誰が言い出したわけでもないのに、練習のあとのウェイトトレーニングが全員の日課となった。

あの日の話は誰もしなかった。たまたま何かの拍子であの日の話になった時も、孝之は頑《かたくな》に口を閉ざすだけで、何を訊かれても答えなかった。

だが僕は一人であの日のことを憶い出し、事件を反芻《はんすう》することがよくあった。

あれは決定的な瞬間だった。自分の心の奥底を探ると、今でも慄《ぞ》っとするのだが、あの瞬間僕は本気でこのまま〈落としの韮崎〉を絞め続け、場合によっては殺してしまっても構わないと思っていたのである。もし友哉と晋太郎が止めてくれなかったら、僕は本当に殺していたかも知れなかった。

そして知ったのだ。その一線のこちら側とあちら側には、薄いベニア板一枚くらいの差しかないことを——。

孝之も同じではないかと僕は想像する。

だがそんなある日、圭介が禁を破って突然こんなことを言い出した。

「だけどオレ最近韮崎先輩は、大事なことをオレたちに伝えようとしていてくれたんじゃないかと思うんだよね」

「大事なことって？」

晋太郎が素っ頓狂な声で訊き返した。

「自分たちがやっているのは、一歩間違えれば命にかかわるような、そんな危険なスポーツだということ。だから試合のときはもちろんだけど、毎日の練習でも決して気を緩めず、練習前の準備体操から練習後のストレッチまで、常に心して臨まなければならないということさ」

僕等はみんな唖然《あぜん》とした。

「お前はどこまでお人好《ひとよ》しなんだよ」

「圭介はあれだな、将来詐欺とかに遭って全財産毟《むし》り取られても、あの人は俺に初心に返ることを教えてくれたとか言って、詐欺師に感謝しちゃうタイプだな」

「そうかなあ……」

圭介は一人首をかしげた。

晋太郎はその年の秋のある日曜日、文化祭で知り合った愛宕女子の生徒と、生まれて初めてのデートをした。デートと言っても喫茶店に入ることは校則で禁じられているし、映画に行く金などないので、ただ一緒に散歩したというだけだ。それでも晋太郎はあらかじめ歩くルートを決め、前日に実際に歩いてみてその所要時間を測り、その間どこで何を喋るかの詳細な計画を立て、さらには当日の朝は六時に起きて、竹箒と大きなゴミ袋片手に、予定のルートを自分で全部掃除してデートに臨んだ。

だがいざデートがはじまると、晋太郎は緊張のあまり、その日一日かけて話すつもりだった話題をものすごい早口で、相手の女の子には一言も口を挟むスキを与えずに喋り続けた。約二〇分後にその日の予定の話を全て喋り終えた晋太郎は、女の子の浮かぬ顔に気付き、ちょうど話題も尽きて頭の中が真っ白になり、その後は一言も口を利かずに、ただただ歩き続けた。予定のルートを外れ、繁華街を抜けて馬見瀬川沿いの道を、無言のまま歩き続けた。そしてとうとういつものランニングコースを全部踏破して護国神社に着いてしまい、いよいよ焦った晋太郎は、柔道部の合宿中、毎朝ここまで走ってきて柔軟体操をやるんだけど、あの何て言うのかわかんないけど二人一組で背中合わせになって肘《ひじ》を絡《から》めて交互に持ち上げるやつあるだろ、あれやってるとオレはいつも持ち上げられた時にオナラが出るんだけどあれは一体どうしてなのかなと、いよいよどうしようもない下ネタに走り、それから突然我に返って、自分と一緒にいるのは退屈じゃないかと女の子に尋ねた。女の子は別段退屈ではないが、最初は耳が痛く——晋太郎は人一倍大声なのだ——、そして今は足が痛いと言った。そこで二人でバスに乗って町の中心部まで戻り、そこで晋太郎の人生初デートは終わった。

翌日その一部始終を聞いた僕等は、俯《うつむ》いて肩を小刻みに震わせながら、そこまでつき合って一緒に歩いてくれただけでも、その娘は充分脈があるんじゃないかとけしかけたが、晋太郎はひどく落ち込んでいて、もうダメだよと繰り返すだけだった。晋太郎が言うには、男は女性に対して完璧な騎士《ナイト》でなければならず、初デートを惨めな形で終わらせた男は、もう一度デートに誘うどころか、もう彼女の前にその姿を現すことすら許されないのだそうだ。国語の教科書に載っていた梶井基次郎《かじいもとじろう》の写真そっくりの顔で、青々と刈り上げたイガグリ頭をさすりながら、騎士《ナイト》がどうのこうのと言う男を見て、僕等はもう一度細かく肩を震わせた。

中学のときから締めている帯が古くなってきた圭介は、黒帯を新調した。そして古い帯を道場の柱の一本に結わえ付け、毎日練習の前後に、きえー！　という奇声を発しながら、背負い投げの打ち込みを繰り返すようになった。

その柱の前はいつしか圭介の指定席となり、毎日何百本と打ち込むので、古い黒帯は、次第に元の形がわからない繊維の束のようになって行った。この帯が切れるとき、俺の背負い投げは完成するぜと嘯《うそぶ》いていたが、帯はボロボロになりながらも、なかなか切れる様子はなかった。

ある日を境に晋太郎は、主将の権限を利用して、まっすぐ馬見瀬川に出るのではなく、愛宕女子高のまわりをぐるりと回ってから川べりに出るように、ランニングのルートを強制的に変更した。

僕等はこの決定に対して、これは主将の横暴だとか、下らねえ偶然を期待するんじゃねえとか口々に罵《ののし》ったが、それでも愛宕女子の近くに差しかかるとランニングのピッチが上がり、号令の声が大きくなることで、内心それほど嫌がっていないことを露呈してしまい、晋太郎にいつもの不気味なふくみ笑いで返される結果となった。

「いっつも俺のことばっかり言いやがって！　結局お前ら全員、サキシマキノボリトカゲと大差ねえじゃないか！」

どうやらこの一言が言いたかったらしい。これを言った友哉はとっくの昔に退部していないというのに、全くもって執念深い男である——。

たった五人だけの春合宿がはじまったが、上級生の結果に失望したOBたちは、去年が嘘だったかのようにやって来なかった。いつも同じ練習相手では相手の手の内が読めすぎて練習にならないので、僕等は同じ公立の南高や中央高に出稽古《でげいこ》を申し込んで、乱取りや練習試合などを行った。

そして合宿の最終日、たった一人でやって来たOB会会長の佐田さんが、「たった五人だから外で食べよう」と言い、合宿所の夕食を早めに切り上げさせると、僕等五人を焼肉屋へと連れて行った。

OB会会長と個人的に話すのはみんな初めてだった。この一年で頭髪が大分薄くなった仏壇屋の若旦那《わかだんな》は、いきなりカルビにロース、レバーにハラミをそれぞれ十五人前ずつ注文し、みんながもうこれ以上は食べられないですと言い出してからも、なおもカルビとロース一〇人前を追加して全員に半ば強制的に食べさせたあと、一人手酌のビールで真っ赤になった顔を、突然畳にこすりつけるように下げた。

「頼む！　お前ら柔道部をつぶさんでくれ！」

これには僕等みんなが愕いた。

夏の総体が近づいて来た。優勝すればもちろん全国大会に駒《こま》を進めることになるが、昨年秋の新人戦の団体には出場権すら得られなかった僕等にとっては、恐らく最初で最後の大会になることだろう。

大会の前日、いつもよりやや軽めの練習を終えたあとで、圭介がいつものように柱の前で一人背負い投げを打ち込んでいると、原型を留《とど》めないほどに縒《よ》れていた例の黒帯がぶちっと切れ、圭介は鼻の頭から思い切り畳にのめり込んだ。

全員がほぼ同時に叫んだ。

「切れた！」

III

1

だが大会当日、県立柔道場に入って組合せ表を見た途端、僕等は全員がっくり肩を落とした。

いきなり一回戦の相手が、あの私立N大付属高だったからだ。通常強豪校はシードで二回戦あるいは三回戦から登場することが多いわけだが、今年は出場校が去年より二校減ってちょうど四の倍数になった関係で、シード制度がなくなったらしい。もちろん強豪校が同じブロックにならないような配慮はしてあるようだったが。

最初に試合場で選手全員が、組合せ通りの順番で五人ずつ並んで整列し、県柔道連盟のお偉いさんの挨拶《あいさつ》を聞いたが、僕等のすぐ隣に並んでいるN大付属のレギュラー五人は、はっきり言って自分たちと同じ高校生とは思えなかった。向こうは僕等のほうを見ようともしない。ガリ版刷りのメンバー表には、各チームエントリー選手の名前と段、出身中学の他に体重も載っているのだが、僕等が全員初段なのに対してN大付属は全員が二段以上、さらに体重のところには、補欠も含めて、ずらりと三ケタの数字が並んでいた。

聡は試合が始まる前から、すでに泣き出しそうな顔になっている。

他のチームは円陣を組んだり互いに顔に張り手を入れ合ったりして気合を入れている。

「いちおう、やる?」

晋太郎が鼻の頭をボリボリ搔《か》きながら言った。

「んーまあ」

僕たちは何となく、形ばかりの円陣を組んだ。

「それじゃみなさん、今日はくれぐれも怪我《けが》をしないようにがんばりましょう。まあね、柔道だけが人生じゃないですしね。ははははは」

ところがその時だった。突然大声を出した男がいた。

「何言ってんだこのバカ野郎!」

圭介だった。その鼻の上には絆創膏《ばんそうこう》が貼られている。今日出場する全選手の中で、身長体重共に一番小さい圭介だが、この時出した声は誰《だれ》よりも大きかった。

「何のために今日まで練習して来たんだよ! 勝つぞ!」

「えっ? それってどういう意味?」

「あれか? 正々堂々と戦うことで自分に勝つ、みたいな?」

「バカか。勝つと言ったら、試合に勝つことに決まっているだろうが。そんなこともわからねえのかこのひょうろぎ野郎ども！」

「何それ、どこの方言？」

「俺《おれ》たち県庁所在地生まれのシティーボーイだから意味わかんねえよ」

するとと圭介は一段と大きな声を張り上げた。

「あー苛々《いらいら》する。てめえら全員めろず野郎かよ！」

「今度は何だ。何めろずって？」

「俺はこんなげっぺ連中とチームメイトだったのかと思うと泣けて来るぜ」

「だからわからねえよ。げっぺって何だよ！　どこの方言だよ！」

「いいか、N大付属のレギュラーだって、俺たちと同じ人間、同じ高校生なんだぜ？　やってやれないことあるかよ！　見ろよあいつら、思いっきり油断しているだろう？　大体番狂わせが起きる時ってのは、こういう組合せなんだよ。そして強豪を破った弱小校が、その後も奇跡のように勝ち進んで、あれよあれよと言う間に優勝してしまう！」

普通だったらどんな弱小チームでも、みんながこれに乗せられて、呼応して意気上がるところだろう。

だが僕等は、ただあっけに取られて圭介を見つめるだけだった。

やがて晋太郎が、おずおずと口を開いた。

「なあケイスケ、お前それ、本気で言っているのか？」

するとは圭介は一転してバツの悪そうな顔になり、五分刈りの頭を掻きながら答えた。

「いやあ、これがスポ根マンガとかだったら、そういう展開になるんだけどね。現実問題としては、そんな簡単に優勝なんて、できるわけないよね。それはまあわかっているんだけどさ、どうせ負けるにしても、やっぱりその意地は見せたいじゃない、意地は」

「そうだな、意地を見せよう」

すると、いつものようにずっと黙っていた孝之が、低音で突然言った。

「あきらめることは、いつでもできるからな」

2

試合がはじまった。

主審は道で会ったら絶対に柔道家とは思わないような、黒縁眼鏡をかけて髪を七・三分けにした、おとなしそうな中年男性だった。

僕等の先鋒《せんぽう》は聡だった。はじめ、の合図がかかる前から腰を大きく引いていた。

これはまずい。腰を後ろに引く体勢は自護体《じごたい》の一種で、確かに相手の技は多少かかりにくくなるが、こちらからは一切攻撃できない姿勢なので、相手は安心してどんな大技でも繰り出すことができるのだ。

一方N大付属の先鋒は、油断どころか気合満点だった。前人未踏の十四連覇に向けて、はじめの合図と共に、ものすごい勢いで突進して来た。

腰を引くな！ 自然体で立て！ そう声を掛けるヒマもなかった。聡は肩ごしに奥襟《えり》を取られ、そのまま払い腰で畳にあっけなく叩《たた》きつけられた。

「一本！」

主審の手が高々と挙がった。

「開始何秒だ？」

N大付属の応援席で誰かが訊《き》いた。

「四秒です」

ストップウォッチ片手に時計係を務めているN大付属の一年生が答え、応援席全体がどっと沸いた。ちょうどこの頃《ころ》国際大会では、畳の脇《わき》で残り時間や両者のポイントを表示する電光掲示板が導入されはじめていたが、僕等の県立柔道場にそんなものがあるわけがなく、強豪校はどこもこうして自分たちで時間を計って、それを選手たちに口頭で伝える役の人間を用意していた。

「四秒か。さすがはノガミだな」

「よしお前ら、一回戦は全員一〇秒以内で片付けろ！」

一方僕たちは声もない。負けはまあ実力だから仕方ないとして、心配なのは、聡がそのまま畳の上で右の肩を押さえて起き上がれないことだ。ものすごい勢いで肩から畳に叩きつけられ、あるいは肩を脱臼《だっきゅう》したのかも知れない。

だがまだ礼をしなければ試合は終わらない。聡は何とか立ち上がって、痛みに顔を歪《ゆが》めながら、何とか畳の中央で頭を下げた。

聡が右腕を、まるでマリオネットの人形のようにぶらぶらさせながら戻ってきた。

「おいノガミ、あんまりやりすぎるなよ！」

戻ったN大付属の先鋒に、OBらしい男が声をかけ、ノガミと呼ばれた男が坊主頭を一掻きして、N大付属の応援団が再びどっと沸いた。

するとその時、それを聞いた次鋒の晋太郎がすっくと立ち上がり、両方のコブシを握りしめながら大声で叫んだ。

「わかったぞ！」

「何が？」

僕は愕《おどろ》いて尋ねた。何なんだこのうるさい男は。何がわかったと言うんだ？　たったいま、突然何かの奥義に開眼したとでも言うのか？　それならそれで頼もしいが――。

「道場の扁額《へんがく》の意味だよ！　《鎧袖一触《がいしゅういっしょく》》とは、正にこういう状態のことを指すんだ！」

僕はがくりと頽《くずお》れた。

「鎧袖一触されてどうするんだよ！」

「まあ見ていろ！　俺が聡の仇《かたき》を討ってやる」

晋太郎はとりあえず謎《なぞ》のふくみ笑いを残して、試合場へと進んで行った。

晋太郎が自らを次鋒に持って来たのは、諸葛孔明《しょかつこうめい》もびっくりして跣足《はだし》で逃げ出すような高等戦術――本人談――らしかった。どこの高校も最初を取りたいから、先鋒はある程度強い選手を持って来るが、次鋒は意外と穴であり、五人中最も力が劣る選手が来る傾向がある。そこで主将である自分が敢《あ》えて次鋒を買って出ることで、ここで確実に勝ちを取ろうという腹積もりらしかった。

もちろん一概には言えず、両方のチームが同じようなことを考えた結果、強い選手同士が次鋒でかち合って事実上の大将戦のような様相を呈する場合も当然あるわけだが、今回に限ってこの作戦は、あながちそれほど的外れではないようだった。実際Ｎ大付属の次鋒は、巨漢揃《ぞろ》いのＮ大付属高レギュラーの中で、唯一重量級や軽重量級ではなく中量級と思われる選手だった。

だがそれでも組み合えば、僕等の中で一番大きい晋太郎よりも軽く頭一つは大きい。横幅も一・五倍近くある。晋太郎は奥襟を取られないように気をつけながら、果敢に大内刈りや体落として攻めた。

いちおう晋太郎だって中学柔道では、個人戦で県で三位――その時は軽量級だったが

──に入った経歴を持つ男である。最近はウェイトトレーニングも欠かさずにやっているので瞬発力もある。向こうの次鋒も、うっかり不用意な技をかけて返し技を食らうことを警戒してか、慎重に戦っているようだった。

だが二分過ぎあたりから晋太郎の動きが目に見えて鈍くなり、そこから相手は一気に攻勢に出て来た。内股《うちまた》をかけ、晋太郎がそれを懸命にこらえると、すかさず払い腰に技を移行して、晋太郎の体を扇子を拡げるように一回転させた。

さすが中量級でN大付属の団体レギュラーを張っているだけあって、惚《ほ》れ惚《ぼ》れするような見事な技の切れ味だった。

晋太郎は礼を交わすと、腰の後ろを叩きながら戻ってきた。

「く、くそ、あの野郎。今度夜道で会ったら殺してやる」

「どうした」

「俺が攻めているあいだ、ずっとせせら笑っていやがった。まるで真綿で首を絞めるような試合しやがって。しかも最後に内股で撥《は》ね上げた時、金玉を思い切り蹴《け》り上げやがった。子種がなくなったらどうしてくれる」

「お前は少しなくなった方がいいんじゃないのか？」

「オレの未来の一〇〇〇人の愛人が泣く」

目の前のイガグリ頭の梶井基次郎に、何と言って返してやろうかと頭を巡らせたが、そんなヒマはないことに気が付いた。中堅は自分である。

帯を締め直しながら、僕は五間四方の試合場へと、ゆっくりと歩を進めた。

すでに先鋒次鋒と連敗しているので、ここで僕が負けたら一回戦敗退が確定してしまう。試合はいちおう最後まで行われるが、副将の圭介と大将の孝之に、既に負けが確定している状態で畳の上に上らせるのは何とも忍びない。となると、何とか最低でも引き分けに持ち込む以外にない。

だがそれを簡単に許してくれる相手とは思えなかった。畳の向こう側にいるのは、柔道雑誌のグラビアで何度か見たことのある顔だった。軽重量級のホープとして、高校三年生ながら昨年の全日本でベスト4に残った選手であり、強い選手の常として、両の耳の上半分が潰《つぶ》れてギョウザのような形になっている。

まともに組んだら絶対に勝ち目はない――僕はそう思った。

そこで僕は相手の引き手を摑《つか》んで動き回る作戦に出た。そのまま潰されてもいいように、場外に近いところに引っ張って行って、一本背負いをかける。

オリンピックや世界選手権で、外国人選手が日本人選手相手にこんな試合をしたら、僕はテレビの前でこの卑怯者《ひきようもの》恥を知れ恥を！　と怒鳴ることだろう。だがこの時は必死だった。圭介と孝之のためならば、卑怯者呼ばわりされても一向に構わなかった。

「待て！」

だが何度目かに一本背負いをかけたとき、主審から声がかかった。畳の中央に戻され、主審が僕に向かって両のこぶしを握って前に出し、胸の前で上下させた。偽装的攻撃、いわゆるかけ逃げの反則を表すジェスチャーだ。

「指導！」

仕方なく、がっちりと組み合った。組んだらもう時間の問題と思ったのだろう、ギョウザ耳の男は、余裕の表情で技をかけはじめた。

だが何故《なぜ》か僕は、それらの技を躱《かわ》すことができた。試合をしている自分の他にもう一人自分がいて、それが鳥のように上から試合を見ている——まるでそんな感じがするくらい、相手が次に繰り出そうとする技がわかったのだ。こんなことは柔道をやって初めてのことだった。

だが指導のポイントを取られている以上、このまま試合が終了したら当然判定で負けてしまう。どうせ負けるなら、判定も一本負けも同じことだと肚《はら》を決めた僕は、相手の何度目かの払い腰を躱して相手と正対したときに、その厚い胸倉を押しながら思い切り前に出た。相手はちょっと愕いた顔で、赤いテープが貼《は》ってある畳際《たたみぎわ》まで下がり、場外反則を取られまいと押し返して来た。

僕はその瞬間を捉《とら》え、今度は逆に思い切り後ろに下がると、そのまま躰《たい》をひねりながら足を飛ばし、斜め後ろに飛んだ。

浮技《うきわざ》がこんなにうまく決まることは、一〇〇回に一回あるかないかだろう。だが油断していた相手の巨体はふわりと宙に浮いて、そのまま横向きに畳に落ちた。

「わ、技あり！」

相手の身体がもう四分の一回転していれば〈一本〉だったろうが、横向きだったので〈技あり〉止まりだった。

グラビア男はもちろんすぐに体勢を立て直し、そのまま全体重をかけて僕の上にのしかかって来る。捨て身技のデメリットで、そのまま抑え込まれそうになる。

僕は両足を必死で相手の足に絡《から》めた。足さえ絡んでいれば、どれだけ上半身をがっちりと固められていても、長時間上に乗られていても、〈抑え込み〉にはならないのだ。僕は相手の丸太のような足に絡んでいる自分の両足が、高校生活の全《すべ》てを総決算する命綱であるかのように感じた。

百戦錬磨のグラビア男は、足が解けないと見るや、握ったこぶしで僕の膝《ひざ》の内側をグリグリと押しはじめた。これは反則なのだが、主審のブラインドをうまくついていた。これは半端《はんぱ》ではなく痛く、思わず足が離れそうになった。

だが足が今まさに離れようとする瞬間、試合終了のブザーが鳴った。前半に〈指導〉を取られながらも、時間を稼いでいたのが良かったのだ。

グラビア男は、信じられないという顔で両手を横に広げたが、もっと信じられなかったのは僕自身だった。相手の実力は、実際に組み合った僕には瞬時にわかった。正直五〇〇回試合をして、一回勝てるかどうかという相手だったと思う。だがその一回が今来たのだ。

「何やってんだ、モリオカ！」

「このクソボケ！　油断してんじゃねえ！」

一方N大付属のOBたちは、さっきまでとはうって変わって、負けたグラビア男を罵倒《ばとう》しはじめた。最近のN大付属にとって、県大会など決勝まで全て五対〇のストレート勝ちを収めるのが当たり前であり、一回戦でこんな公立の弱小チーム相手に一人負けただけで、屈辱以外の何ものでもないのだろう。

だが殺気を帯びはじめていたN大付属の応援席は、次に敵の副将として登場した主介の姿を見るや否《いな》や、どっと笑い転げた。

「おいおい。ここは高体連の大会だぞ！」

「小学生の部は会場が違うぜ！」

「ヨシムラ、殺すなよ！」

「殺さない程度にカタにはめてやれ！」

ヨシムラと呼ばれた敵の副将は、メンバー表には体重一二〇キロと書いてあったが、見たところもっとありそうだった。その姿は陸に上がった巨体なせいうちを思わせた。眉《まゆ》を八の字形に寄せ、どうしてそんなに悲しげな顔をしなければならないのか、わからないほど悲しげな顔で、はじめの合図と共に前に出てきた。

圭介は組むと同時に果敢に背負い投げをかけた。

もちろん相手はぴくりとも動かない。ちょうどせいうちの牙《きば》のように見える垂れ下がった頬《ほお》の肉をぷるぷる震わせながら、後ろ向きの圭介を、まるで子供をお風呂《ふろ》に入れるかのように、そのままひょいと抱えて見せた。

抱上《だきあげ》は講道館制定の腰技十一本の中には入っているが、現在は試合では有効な技とは見《み》做《な》されておらず、ポイントにはならない。せいうちは圭介をまたひょい、と畳の上に下ろしてみせた。

「ヨシムラ、遊んでるんじゃねえ！」

「早く殺せ！」

N大付属のOBたちの叱咤《しった》の声を聞いたせいうちは、一気に決めようと大きな歩幅で前へ出てきた。

圭介がその一瞬を捉え、左の引き手をぐいと引きつけながら、右足のつま先を軸にくるりと回転して、相手の股の下に潜り込んだ。

「きえー！」

そしていつもの耳慣れた奇声を発しながら、アルマジロのように体を丸め、両足で思い切り畳を蹴った。

圭介の普段の練習量を知っている僕等からすると、それは不思議な光景でも何でもなかった。だがN大付属の関係者は全員、いやその時県立柔道場にいた全員が、自分の目を疑ったことだろう。

自分が技をかけることしか考えず、高い重心のまま前に出て来ていたせいうちの身体は、完璧《かんぺき》な半円を描いて、ものすごい音と共に、背中から畳にめりこんだ。畳の震動が、試合場の外にいる僕等のところまで伝わって来た。

それは国際大会でも滅多に見られないような背負い投げだった。小さな樵人《きこり》が、樹齢何百年もの巨大な樹木を、道具を一切使わずに、大地から引っこ抜いたかのような見事な投げだった。

「わ、わ、技あり！」

主審が手で空中を水平に薙《な》ぎながら、かすれた声で言った。

今度は僕等が耳を疑う番だった。どうして〈一本〉じゃないのか！　向こうは完全に背中から畳にめり込んでいたのに！

正直な話、あのサラリーマン然とした主審が、強豪校に遠慮したとしか思えなかった。

圭介は辛《かろ》うじて命拾いした相手と、畳の中央で再び組み合った。

相手は次々と技を繰り出してくる。今や悲しげな顔を通り越し、明日世界が終わりになるような顔で、必死に大外刈り、払い腰、大腰、内股と連続攻撃を仕掛けてくる。だが圭介はまるで牛若丸のように、ひらりひらりと足を送ってそれらの技を躱した。

考えて見ると自分たちほど、一年生のときから来る日も来る日も、自分の倍近い体格の相手とばかり練習してきた高校生は、全国広しと雖《いえど》も、そうそうはいないのに違いなかった。

だが何度目かの内股のとき、ついに両者の躰が密着した。敵の副将は奥襟を摑んでいた右手をさらに伸ばして圭介の道着の背中のあたりを摑むと、圭介の右手を左の脇にがっちりと挟み込み、もう一度内股をかけた。圭介はせいうちにすっぽり抱え込まれた形になってしまい、全く動きが取れない。このまま裏返しになるしかないと思われたが、それでも圭介は驚異的な足腰で踏ん張って倒れない。ついに敵の副将は、圭介の身体を懐《ふところ》に抱え込んだまま、勢いをつけて自分から前に転びに行った。巻き込み――相手に受身を取らせない危険極まりない技――だ。

抱え込まれたままの圭介は、相手よりほんの少しだけ早く、脳天から真っ逆さまに畳に落ちた。

「一本！　それまで！」

主審が手を高々と挙げている。信じられなかった。さっきの圭介の背負い投げが〈技あり〉で、今の巻き込みが〈一本〉だなんて！　確かに圭介の方が一瞬早く畳に落ちたものの、これは技でも何でもない。圭介に背負い投げを喰《く》らったせいうちは、もろに背中から落ちたのに、今の圭介は頭から落ちている。それなのに圭介の背負いが〈一本〉じゃなくて、こんな滅茶苦茶《めちゃくちゃ》な巻き込みが〈一本〉だなんて！

だが審判の判定は絶対だ。この瞬間、僕等の一回戦敗退が決まった。まあ実力通りと言われたらそれまでだが――。

脳天から畳にめり込んで、しばらく動けなかった圭介が、ようやくのろのろと立ち上がった。道着の前を直すように指示され、首を振りながら直すと、中央で相手と向かい合った。

そして次の瞬間、勝ちが圭介に宣せられた。

何と〈一本〉は、危険な技を使ったせいうちに対する、反則負けの〈一本〉だったのだ！

僕たちは銀行員のような主審が見せた毅然《きぜん》たる表情を、愕きの目で見つめた。

事情が呑《の》み込めないN大付属の応援団は一瞬沈黙したが、次の瞬間、主審に対してものすごいヤジや口笛、ブーイングなどを浴びせて来た。

だが大将の孝之が間髪入れずに試合場に出たので、それどころではないという雰囲気になった。

これで二勝二敗――すべては大将戦の結果如何《いかん》にかかっている。

孝之は見上げるような相手と、畳の中央でがっちりと組み合った。N大付属の大将は、次のオリンピック無差別級代表の候補としても名前が挙がっている有名選手だ。

角刈りのN大付属の大将は、当然攪乱《かくらん》戦法で来ると思った相手が、まともに組んできたので逆に面食らったようだった。身体は小さいが、研ぎ澄まされた孝之の肉体を見て、頭を少し下げ、孝之の足の運びを警戒しながら、慎重に支え釣り込み足や払い腰をかけて来た。

だが孝之は、その度に両腕を突き出して相手の技を防いだ。

孝之の体幹の強さを知ったのだろう、角刈りが驚いたように首を捻《ひね》った。

「何をしとる、早く決めんか！」

今や苛立《いらだ》ちを通り越し、殺気立っているOBたちの檄《げき》を受け、角刈りは少し無理な体勢から、大外刈りをかけて来た。

孝之はそれを待っていたようだった。一旦《いったん》足を送ってそれを躱すと、相手が片足に体重を移動しようとする瞬間に、その足を目にも留まらぬ速さで手前に刈った。

大切な技らしく滅多に使わないが、使った時は百発百中の、孝之の伝家の宝刀の小内刈り。絶妙のタイミングだった。角刈りは突然足がなくなったかのように、もんどりうって後ろに倒れた。ただしそこはさすがにオリンピック代表候補、畳に着くまでのわずか〇コンマ数秒の間に身体をひねって、背中から落ちることだけは阻止した。

「有効！」

孝之がすかさずその上に覆いかぶさり、そのまま寝技の攻防になった。

角刈りが抑え込まれるのを嫌ってうつぶせになった瞬間、その首のまわりががら空きになった。

今だ、行け！　僕等は全員声にならない声を挙げたが、孝之はその絶好のポジションで、絞め技に移行するのを何故か躊躇《ためら》った。角刈りの胴に回した両足を相手の内腿《うちもも》に巻き付け、相手の下半身を完全に殺しながらも、肝心の首に手を伸ばすのを躊躇《ちゅうちょ》したのだ。

これが〈ＪＵＤＯ〉の国際大会だったならば、孝之が絞め技に移行しなかった時点で〈待て〉の声がかかっただろう。だがこれは総合格闘技である日本柔道の試合だ。角刈りはその一瞬の隙《すき》をついて、するりと体勢を入れ替えて上になると、孝之の左腕を取って背中のほうに捻りあげた。

だが孝之が畳を叩かないのを見ると、角刈りは孝之の身体の上でその巨体をくるりと回転させ、腕ひしぎ十字固めへと移行した。さすがはＮ大付属の大将、相手の一瞬のスキを見逃さない、見事な技の移行だった。

腕ひしぎ十字固めは完全に決まっていた。さしもの孝之でも、畳を叩くしかないだろう。

孝之にも確かに勝機はあり、それはさっきの絞めの場面だった。孝之は得意の小内刈りで有効のポイントを取っている。あそこで絞め技に行けば、仮に相手を落としたり〈参った〉させることはできなくても、それで時間を使うことによって、そのまま逃げ切ることができたかも知れない。だが勝負というものは、残念ながら勝機を逃《のが》した方が負けるようになっているのだ。

しかし孝之は、いまだ畳を叩こうとしない——。

左腕の関節を完全に極《き》められながら、孝之が何かを尋ねるような目で僕等の方を見ていた。

その目を見て、僕等は全員愕《ぎょ》っとした。

それに対する答えは、N大付属の時計係の一年生から来た。

「あと半分（三〇秒）っス！」

主審が止めるかどうか迷っていた。関節や絞め技の場合は、たとえ選手が〈参った〉しなくても、主審は自らの判断で一本を宣し、試合を止めることができる。だが二対二で迎えた大将戦だけに、迂闊《うかつ》には止められない。

孝之が主審を見ながら、全然極まっていない、痛くも痒《かゆ》くもないといった表情で首を横に振った。ごく稀《まれ》に、関節の可動域が異常に広く、関節技が全く効かない人間がいるのだが、孝之の目は正に自分がそうなのだと訴えかけているかのようだった。

試合終了のブザーが鳴るのと、ゴキッという鈍い音が響くのは、ほぼ同時だった。

3

脂汗《あぶらあせ》を流しながら孝之は立ち上がり、蒼《あお》ざめた顔の主審から勝ちの宣告を受けた。

そのまま全員で医務室に直行した。

だが、勝利の代償は大きかった。聡の右肩は完全脱臼、孝之の左腕は完全に折れていた。

「仕方ない。二回戦は棄権《きけん》しよう」

晋太郎は苦渋に満ちた表情で言った。

「何言ってるんだよ！　最低三人いれば出られるだろうが！」

圭介が食ってかかった。

「そうだ！　ここで棄権したら、何のために勝ったかわからないだろ！」

僕も後先のことは考えず、とりあえず勢いだけで圭介に同調した。不戦敗というのは、どうしても嫌だったのだ。

「でも……一人でも負けたら終わりなんだぜ」

一チームが三人しかいない場合は、相手の先鋒と次鋒が不戦勝となり、〇勝二敗の状況から三人で敵の中堅副将大将と対戦することになる。従って誰か一人が負けた時点で、またはニ人が引き分けた時点で敗退になる。晋太郎はただ怖気《おじけ》づいたのではなく、この先決勝まで一人も負けないなんてことはさすがに考えられないから、良い形のまま終わった方が良いと考えたのだろう。

「ばーか。そんなの、やってみなくちゃわからねえだろ！」

圭介が言った。

「そうだよ！　どっちにしても戦って負ける方が、不戦敗よりはずっとすっきりするぜ！」

「それはそうだけどさ……」

「よし、二回戦の相手を確かめてくる」

僕はそう言って試合場に駆け出した。

試合場では次の試合が行われていたが、場内の騒然とした雰囲気はまだ続いていた。絶対的な優勝候補が、無名の弱小公立校に一回戦で負けたのだ。新聞社の腕章を付けた男が、僕の道着の胸の学校名を見て何やら話しかけて来たが、僕はそれを無視し、二回戦の相手だけを確かめると医務室に駆け戻った。

僕が戻ったときには、聡と孝之の応急処置はすでに終わり、あとは病院でということになっていた。一方さっきまであれほど威勢の良かった圭介が、長椅子《ながいす》の上で鼾《いびき》をかいて寝ている。

能天気な晋太郎は、この短時間の間にもう強気を取り戻していた。全くもって単純だが、これが良くも悪くもこの男の持ち味である。僕が二回戦の相手を言うと、ふん、三人いれば充分だ、ちょろいなと嘯き、ソファーで寝ている圭介に気がつくと、こら、何寝ているんだよ！　起きろ！　二回戦行くぞ！　と軽くケリを入れた。

だが圭介は目を覚まさない。

おい、本気でケリ倒すぞ、起きろよ！

「ちょっと待った！」

やはり柔道経験者なのか、耳朶《じだ》が半分潰れた小太りの医者が、晋太郎の蹴りを慌てて止めた。圭介の鼾の音を注意深く聞いて、ひょっとして試合で頭を打たなかったかと言った。

僕と晋太郎がおずおずと頷くと、どうしてもっと早く言わないんだと言って蒼ざめた。

4

僕等は圭介と一緒に救急車に乗った。救急隊員が救急車の中で圭介の心拍数、血圧、呼吸などを調べるのを見ながら、僕は目の前が冥《くら》くなるような気がした。

病院に着くと、すぐに詳しい検査が行われた。

診断の結果は、硬膜下血腫《こうまくかけっしゅ》というものだった。あの巻き込みを食らって落ちた時に、圭介はせいうちの体重と自分の体重を合わせたものを、脳天の一点に受けてしまったのだ。脳の中の出血が脳を圧迫していて、極めて危険な状態だという。

そこでただちに圭介の頭蓋骨《ずがいこつ》に穴を開け、溜《た》まっている血液を排出する手術が行われることになった。

——自分たちがやっているのは、一歩間違えれば命にかかわるような危険なスポーツなんだ――

そう言っていた圭介本人が、こんなことになるなんて……。

――お前ら一回、病院で頭の中診《み》てもらえ！――

珍しく晋太郎の下ネタに付き合った圭介に、あんなこと言わなきゃ良かった……。

――いやあ、これがスポ根マンガとかだったら、そういう展開になるんだけどね。それはまあわかっている問題としては、そんな簡単に優勝なんて、できるわけないよね。それはまあわかっているんだけどさ、やっぱりその、意地は見せたいじゃない、意地は――

マンガのようには行かないどころか、これが現実かと思うと、勝利に浮かれていたさっきまでの自分自身をぶん殴ってやりたかった。圭介は試合が終わってからずっと、割れるような頭の痛みに耐えていたんじゃないのか？　どうしてもう少し早く、それに気付いてあげられなかったんだ？

僕は泣きそうな気持ちを抑えて、病院の廊下の公衆電話から、圭介の家に電話した。だが誰も出ない。するとその後すぐに、圭介の両親が蒼ざめた顔で病院に駆けつけて来た。今日は父親は会社を休んで、母親と二人で試合場で息子の試合を観《み》ていたのだった。ところが二回戦に僕等が出て来ないので、おかしいと思って医務室に行き、病院の名前を聞かされたのだった。

初めて見る圭介の父親は、クソ真面目《まじめ》な圭介とは対照的にくだけた感じの人で、一方母親は非常にふくよかな人だったが、ソフトな物腰で、僕等に向かって深々とお辞儀をした。

僕等は圭介の両親と並んで手術室の前の廊下に座り、黙って手術室のランプを見つめていた。

赤いランプはなかなか消えなかった。

脳裏には、さっきの圭介の見事な背負い投げの映像がこびりついていた。今思い出すだけで、全身に震えが来るような凄《すご》い投げだった。

やがてそこへ、左腕をギプスで固定した孝之と、右肩にアメフトの防具のようなものをつけた聡が無言で合流した。

それを見た瞬間、晋太郎が突然泣き出した。

「お……お前らみんなばかだよ。あれだけ俺が、怪我しないようにがんばりましょうと言ったのに……」

誰も答えない。

晋太郎は今度は、腕を吊《つ》っている孝之に向かって言った。

「お前も最後、あんなに頑張らなくても良かったのに……」

「言っただろ、意地を見せるって」

孝之が低い声でボソッと答えた。

「意地？」

「ああ。一寸の虫にも五分の魂だよ。勝って当然というあいつらのふざけた態度を見ていたら、たとえこの先、左腕が一生使いものにならなくなろうとも、絶対に勝ってやろうと思った」

そのとき聡が横から口を挟んだ。

「さっき、ロビーのテレビで、ローカルニュースをやっていた。N大付属が優勝したらしいぜ。前人未到の十四連覇だってさ」

大会のことなどすっかり忘れていたことに気付いた。

「どういうことだ？　俺たちって、勝ったんだよな？」

晋太郎が釈然《しゃくぜん》としない口調で言った。

「でも棄権だから、N大付属が勝ち上がったんだよ」

「おかしいだろそれ。俺たちが棄権したら、二回戦の相手が不戦勝になるだけで、負けたN大付属が出てくるのはおかしいだろ」

「大会の規定でそうなっているんだって」

「そうなのか……」

しばし沈黙が流れた。

「こんなことになるなら、勝たなきゃ良かったな……」

晋太郎が目尻《めじり》の涙を拭《ふ》いてぽつりと言った。

「黙れよ！」

僕は晋太郎に食ってかかった。この発言だけは絶対に許せない気持ちだった。

「勝たなきゃ良かったなんて、お前それでも主将か？　圭介に失礼だろ！　いや圭介だけじゃない、腕が折れるまで参ったしなかった孝之にも、脱臼した聡にも失礼だろ！」

「す、すまん」

晋太郎が珍しく神妙な顔で頭を下げた。

「みなさん」

するとその時だった。一番前に座っていた圭介の父親が、突然振り返って言った。

「落ち着いて下さい。格闘技に怪我はつきものです。元息子に何があろうと、私は誰をも責めるつもりはありませんよ」

くだけた感じだった圭介の父親が、まるで人が変わったかのように凛《りん》とした表情をしている。

「しかし……」

「あの巻き込みは本当にひどかった。ですが、あの相手も——吉村《よしむら》君でしたが——毎日必死で練習して今日を迎え、どうしても負けたくなかったのでしょう。ですからあんな危険な技を使い、そして結果として反則負けとなった。私はあの主審の公平な判定には舌を巻きました。背負い投げに一本を取らなかった時は、内心このばっこひょうろぎめろず野郎と思いましたが……。そしてあそこまで相手を追い詰めた元息子を、誇りに思っていますよ」

なるほど圭介の方言は、この親父《おやじ》さん譲りかと合点したが、それよりもっと気になることがあった。

「あのう」

晋太郎がみんなの気持ちを代弁して訊いた。

「どうして圭介のことを、息子じゃなくて元息子と呼んでいるんですか?」

「あ、これは失礼。いつもそう呼んでいるものでついつい。いやね、ある日を境に、息子が私のことを元父親とか元親父《おやじ》と呼びはじめましてね、さすがの私もショックで、その後私なりに心を入れ替えたつもりなんですが、いまだに父親とは呼んでくれないんですよ。それでこっちも意地になって、売り言葉に買い言葉というか、ついね」

「はあ……」

意外だった。あのクソマジメな圭介が、家庭では親に反抗的だったなんて。いやクソマジメになったこと自体が、この親父さんへの反撥《はんぱつ》心からだったのか——。

「息子はあなた方のことが大好きだったらしく、家では口を開くと柔道部の話ばかりしていましたよ。いや私とはほとんど口も利いてくれないんで、おかちゃ、いや家内にですけどね。そして今日私は、友情が奇跡を起こすことがあることを、この目でしっかりと見させてもらいましたよ」

「いや友情とかそういうんじゃないですよ。僕等にあるのは打算だけ」

晋太郎が答えた。

「ええ、そういうストレートな言葉が照れ臭いのもわかります。でもあと五年か一〇年経《た》ってみれば、自分たちの友情がどれほど特別なものだったのかがわかると思いますよ。そして手術の結果はどうあれ、あなた方と団体戦の一勝を味わえただけでも、私は息子が倖《しあわ》せ者だと思っていますよ」

圭介の父親は、まるで自分に言い聞かせるように大きく頷《うなず》いた。

手術室のランプが消えた。

エピローグ

五時間後

夢から覚めたら、白いシーツの上で寝ていたのでおどろいた。

どうやら病院のベッドらしい。

もう少し見ていたかった夢なのだが仕方がない。顔を少し上げ、ゆっくりと部屋の中を見回すと、部活の仲間がみんないて、自分を見てはしゃいでいる。何だこれ。何でこのむさ苦しい連中が集まっているんだ？

「気がついたのか」

「良かった。もう目覚めないかと思ってびびったよ」

何を大げさな、と思いながら身を起こそうとしたが、身体に力が入らない。頭がくらくらするし、さっきからどうも目の焦点も合いにくい。

一体どうしたのだろうと思いながら頭に手をやって、もう一度おどろいた。頭には高級な果物なんかを包むネットのようなものが被《かぶ》せられていて、その下に繃帯《ほうたい》がぐるぐる巻きに巻いてあるじゃないか。

それでも何とか身を起こしてあたりを見回しているうちに、ようやく少しずつ憶《おも》い出して来た。そうだ、夏の県総体だったたんだ。一回戦を勝ち上がり、二回戦の前に医務室で気持ちが悪くなって、急に厚手のカーテンが引かれたように周囲が真っ暗になって——。

「あれ、二回戦は？」

思わず尋ねた。ここにみんないるということは？

「棄権したに決まってるだろ」

答えたのは晋太郎だ。

「何でだよ！」

「何でって、お前までぶっ倒れて、どうやって試合するんだよ！」

壁際で腕にギプスを嵌《は》めている孝之と、肩にアメフトの防具のようなものをつけた聡の姿を見て、僕はようやく合点した。そうか、二人ではさすがに試合そのものをやらせて貰《もら》えない——。

「お前、救急車に乗ったことも、手術を受けたことも全然憶《おぼ》えていないのか？」

僕はかぶりを振った。だがこの頭の繃帯とみんなの喜びようを見れば、自分がかなり危険な状態にあったらしいことは想像できる。

さっきまで見ていたのは、小さい頃《ころ》の夢だ。久しぶりにツンコが出て来た。ツンコが逝《い》って以来、夢にも滅多に出て来てくれないから、久しぶりにその姿を見て僕は嬉《うれ》しかった。

だけどツンコは、まるで僕の顔を忘れたかのようにキャンキャン吠《ほ》えた。僕はひどい疎外感を味わった。

何故《なぜ》あんな夢を？　そもそもあれは本当に夢だったのだろうか？

「なあこの病院、犬の鳴き声がうるさくない？」

僕は訊《き》いた。

「犬の鳴き声？　そんなもの聞こえないぞ？」

晋太郎が怪訝《けげん》そうな顔で答えた。

「いや今はもちろん聞こえないよ。さっきだよさっき。結構キャンキャン吠えていなかった？」

「お前ら聞いた？」

晋太郎が振り返ってみんなの顔を見回し、全員がかぶりを振った。うち何人かは、心配そうに僕の顔と頭の繃帯を交互に見た。

そうか、あるいは現実を誤認したのかと思ったが、やっぱりあれは夢なのか。

だがどうしてツンコは僕にあんなに吠えたのだろう――。

ツンコが死んでしまったのは、あの日僕が傍《そば》についていなかったせいだ。

僕はツンコに恨まれているのだろうか。

――

圭介が意識を取り戻したのは、緊急手術から五時間後、夜の七時過ぎのことだった。

質実剛健かつ品行方正な高校生としては、もう家に帰るべき時間だったしお腹《なか》も空《す》いていたが、みな何となく去り難く、だらだらと残っていた。そうこうするうちに圭介の両親が、入院に必要な身の回りのものを買い揃《そろ》えるため近くのホームセンターに行くというので、その間戻って来るまで付き添うことにしたのだが、そのお蔭《かげ》で圭介が目覚める瞬間に居合わせることが出来たのだからラッキーだった。

「良かった。もう目覚めないかと思ってびびったよ」

聡が肩を固定されたまま、そう言ってはしゃいだが、実際これは驚異的な回復力と言っても良いのではないだろうか？

「あれ、二回戦は？」

圭介の第一声はそれだった。全く、どこまで真面目《まじめ》なんだか。自分がどれだけ危険な状況にあったのか、わかっていないのか？

「棄権したに決まってるだろ」

「何でだよ！」

圭介は口角泡を飛ばした。

「何でって、お前までぶっ倒れて、どうやって試合するんだよ！」

のろのろと身を起こした圭介は、病室の壁際《かべぎわ》にいる孝之と聡の様子を見て、ようやく全ての状況を憶い出したようだった。

「そうか、二人になっちゃったんだな。ごめんな」

「お前が謝ることはねえよ」

「終わったんだなあ」

圭介がすっかり暗くなった窓の外をぼんやり眺めながら呟《つぶや》いた。

「ああ、終わった」

病室内が静寂に包まれた。たった一チームを除いて、県内の全ての高校の柔道部の夏が今日終わったのであり、今さら改めて言うほどのことではなかったのかも知れない。だがこの時僕等は、痛切に一つの区切りというものを感じていたのだ。

ところがここでベッドの上の圭介が、突然意味不明なことを訊いて来た。

「なあこの病院、犬の鳴き声がうるさくない？」

「犬の鳴き声？　そんなもの聞こえないぞ？」

晋太郎が答えた。

「いや今はもちろん聞こえないよ。さっきだよさっき。結構キャンキャン吠えていなかった？」

「お前ら聞いた？」

晋太郎が怪訝そうな顔で振り返る。

僕等は全員かぶりを振った。そして同時に心配になった。やはり圭介のやつ、まだ本調子ではないのだろうか――。

「ほら、誰《だれ》も聞いてないぞ。夢でも見たんじゃねえの？」

「そうか、夢か」

圭介はベッドの上で項垂《うなだ》れた。何やら思いに耽《ふけ》っているようだった。

再び静寂が訪れた。

「なあ、ところでお前ら、大学行っても柔道やる？」

沈黙を破ったのは晋太郎だった。「そもそもお前は大学行けるのか的なアオリは、とりあえず今は無しの方向で」

そう言って一人一人の顔を眺め回しはじめた。

「僕はもう充分かな……」

真っ先に答えたのは聡だった。そう言って、固定されてほとんど動かない肩を竦《すく》めた。

「やっぱり人間には向き不向きがあることがわかった。僕は格闘技には向かないや」

「俺はやるぜ、柔道」

するとl訊いた晋太郎本人が、いきなり宣言した。恐らく自分が訊いて貰いたいがために話題を振ったのだが、訊いて貰えない可能性を考えて我慢し切れなくなったのだろう。

「今日対戦したあの男の股間《こかん》を、いつかどこかの試合で絶対に潰《つぶ》してやる。たとえ何年かかろうと、潰すまで俺は絶対に止《や》めないからな」

この男の執念深さを知っている僕等としては、N大付属の次鋒《じほう》に深い同情の念を禁じ得なかった。

「俺もやるかも知れない」

左腕をギプスで固めた孝之が、壁際でぼそっと続けた。

「この腕が、元通り治ればだけど」

それを聞いて僕は何故か嬉しくなった。そうだ、孝之は絶対に続けるべきだ。N大付属が全国制覇するかどうかは誰にもわからないが、N大付属のあの大将に真っ向勝負で勝てる高校生が、孝之以外そうそういるとは思えない。

「まだ恩返しできていないからな」

「恩返し？　誰に？」

だが孝之は口を噤《つぐ》んだ。それ以上は話す気がないようだった。

こうなると孝之の口は貝より堅い。晋太郎はあっさり諦《あきら》め、僕の方に顔を向けた。

「お前は？」

僕は迷った。僕が今日勝ったのは、ただの奇策と運によるものだ。相手と堂々と渡り合い、実力で勝った孝之とは違う。

「うーん、どうしようかな……」

全員で勝ち取った今日の一勝のことを、僕は生涯忘れることはないだろう。負け惜しみではなく本気でそう思うのだが、もし優勝とあの一勝のどちらかを選べと言われたら、僕は迷いなくあの一勝の方を選ぶことだろう。

だがそれだけに、このまま続けてもこの先、今日以上の瞬間に巡り合うことは難しいような気がすることも事実なのだ。

「圭介は？」

晋太郎がベッドの上に水を向ける。

「やるに決まってんだろ」

ベッドの上で俯《うつむ》き加減だった圭介は、ネットを被せた頭を上げてこともなげに答えた。

「今日背負いで投げた時、最高に気持ちが良かった。こんな楽しいこと、止められるわけあるかよ」

その瞬間僕は、自分が何のために柔道をやっていたのかを憶い出した。そうだ、何故忘れていたのだろう。強い弱いは関係ない――。

だが僕が口を開く前に、聡が話題を変えてしまった。

「ところでケイスケ、親父《おやじ》さんのことを元父親とか元親父と呼んでいるのか？　親父さん、淋《さび》しそうだったぞ？」

「元親父、来たの？」

圭介は首を斜めにして意外そうな顔をした。

「お袋さんと二人、ついさっきまで部屋にいたよ？」

「帰ったの？」

「まさか。入院に必要なものを買いに行ってるんだよ。近くのホムセンの営業時間が七時までだから」

「て言うか本当にそう呼んでいるのかよ。ひでえな」

晋太郎が呆《あき》れ顔で口を挟む。

「うるせえな。色々あんだよ」

圭介はぷい、と横を向いた。この男がこんなぶっきら棒な言い方をするのは珍しい。

「いつからそんな風に呼んでいるんだ？」

「ああ？　憶えてねえよ。ガキの頃からだよ」

「そんな前からかよ。何があったのか知らないけど、それじゃ親父さんもいじけて当然だよ。ウチの両親なんか俺がガキの頃に離婚してるけど、それでも父親は父親だぜ。元なんてつけないぜ」

　すると圭介は、頭に繃帯を巻いたままの姿で憤《む》っとした。

「だからと言って、お前に命令される筋合いはねえよ。第一、今さらどの面《つら》下げて昔みたいに呼べるって言うんだよ。不可能だろ、そんなの」

「なあ圭介」

　壁に凭《もた》れかかって、貝モードに入ったと思っていた孝之が低音で言ったので、僕等はみんな愕《おどろ》いた。

「何だ？」

「確か、小さい頃に犬を飼っていたんだよな？」

「そんな話、したっけ？」

「ずっと前に一度な。それでその犬は確か、フィラリアで死んじゃったんだよな」

「ああ、そうだけど……」

「だったらお前が夢の中で聞いた犬の鳴き声って、それじゃないのか？　お前にうるさく吠えたのは、まだこっち来るなと必死で追い返そうとしてたんじゃないか？」

　圭介はベッドの上で、口を半開きにした。

「それから親父さんのことだけどさ、一つ、関係を修復する手はあるぞ。もしお前がそうしたいならば、だがな」

　全員が孝之の顔を凝視《みつ》めた。

「頭を打ったことを逆に利用すればいい。過去に何があったのか知らないが、嫌なことは頭を打った瞬間に全て忘れたフリをするんだ。もちろん本当に忘れる必要はない。あとは演技力だ」

なるほど。僕は感心した。さすが孝之だ。確かにそれなら、互いに気まずい思いを一切せずに元に戻れるだろう――。

だが圭介本人は首を竦め、さらに竦めたその首を横に勢い良く振った。

「無茶言うなよ。演技だなんて、そんなの無理に決まってるだろ」

とその時だった。病室のスライド式のドアが、勢い良く横に辷《すべ》る音がして、圭介の親父さんが入って来た。

「大丈夫だ、お前には演技力がある」

「何言ってるんだこのくそおやじ。いや元おやじ」

「うーん、だめか」

「当たり前だろ。ドアの前で立ち聞きしてんじゃねえよ！」

僕等は全員顔を見合わせた。何なんだこの父子《おやこ》。本人たちが気付いていないだけで、実は思い切り仲良しなんじゃないのか？

二年後

男は歩きながら考えていた。一体どこで歯車が狂ったのだろう――。

だがそれはもう、それだけはふんだんにある時間の中で、既に何度も検討した問いを繰り返したものに過ぎなかった。答えははっきりしている。今から八年前のあの朝だ。

それまでは、学業成績なんて言葉を使うこと自体おこがましいような成績ではあったものの大学をいちおう出て、だがそのままみんなと同じレールの上に乗るのは拒否したいという気持ちが強く、いろんな仕事やアルバイトを転々としていたが、それらはすべて一過性のもので、自分がその気になりさえすれば、いつでも平凡だが安定した道に戻れるという自信があった。今はまだその時期ではないと感じていただけで、自分の適応力に自信があったからだ。逆に言えばその確信があったからこそ、モラトリアムな時期を敢えて自分で設定して、若いうちだからこそできる、さまざまな人生経験を楽しんでいたのだ。

だがその全ての歯車が狂ったのがあの朝だ。

短気で暴力的な夫から逃げるのを手伝って欲しいと頼まれ、面白がって手伝ったのが運の尽きだった。毎日のように繰り返されるＤＶの様子を聞かされて、義侠心《ぎきょうしん》にかられたのだ。その夫が嫉妬《しっと》にかられる様子が面白くて、敢えて誤解させたままにしていたが、俺とあの女の間には肉体的な関係は一切ない。

しかしまさかあそこまで嫉妬深かったとは。男は逆上していて、聞く耳を一切持たなかった。誤解を解く暇もなかった。

そしてその結果、故意ではないとは言え、まさか人を殺してしまうとは――。

しかも決定的な証拠を現場に残してしまっていた。駅に駆け込み、適当に切符を買った後、自分が楽器を手にしていないことに気付いた時の焦りと来たら！　心臓が口から飛び出すとは、きっとああいう時に使う表現なのだろう。楽器には俺の指紋が無数についている。幸次さんも一目見ただけで、俺の楽器だと証言することだろう。〈社長〉と長い付き合いで、その性格を知悉《ちしつ》していた幸次さんは、暴力に薄々気付いていて彼女に同情的な立場を取っていたが、俺を庇《かば》う理由はない。あそこまではっきりとした物証を目の前にして、偽の証言をしてくれるとは思えない。

幸いまだ改札は通っていなかった。それで買った切符を胸ポケットに仕舞って、おそるおそる現場に舞い戻った俺は、置き忘れた筈の楽器がなくなっていることに気付いてもう一度愕《ぎょ》っとした。狐《きつね》に抓《つま》まれたような気持ちのまま、かと言ってこれ以上この場に留《とど》まるのはヤバいと訴える心の警報に従って、急いで駅まで引き返し、やって来た列車に飛び乗った。

あれ以来、あの町には一度も行っていない。

すぐに指名手配されるのではと俺は懼《おそ》れながら逃亡を続けた。あの町からできるだけ遠ざかり、さらに一箇所に長く留まらないようにした。親とはすでに縁を切っていたが、刑事が張り込んでいるかも知れないので、地元にも近づかないようにした。

そのお蔭なのか、あれから今日まで八年間、警察には捕まらずに済んだ。交番の前を通る時などにさり気なく横目で見てみるが、指名手配もされている様子はない。ひょっとして幸次さんが有利な証言をしてくれたのだろうか。

それにしても楽器は何故消えたのか、それはいまだに謎《なぞ》のままだ。

もちろんただ逃げるだけでは食っていけない。だが本名を名乗りたくない俺が、就《つ》ける仕事は限られていた。

いろんな仕事をやったが、ある街では格闘技の経験を生かして、バーの用心棒みたいなことをやった。戸籍抄本など取りに行けず、正規の方法ではアパートを借りるのが難しい俺には、住み込みでやれるというのが有難かったからだ。別に危ない仕事ではなく、時々酔客が暴れるからそれを叩《たた》き出してくれれば良いという言葉を信じて引き受けた。

はじめたその日に、来てくれと呼ばれて行ってみると、本当に一人の男が暴れていた。俺より年下の、初任給をもらったばかりくらいの若い勤め人だった。俺はゆっくりと近付いた。

明るいところだったら何てことはなかっただろう。だがバーの中は薄暗く、俺は相手が後ろ手に飛び出し式のナイフを持っていることに気付かなかった。俺は脇腹《わきばら》を刺された。

俺は騙《だま》されていた。そこはれっきとしたぼったくりバーで、客はたったのウィスキー三杯で五〇万近く請求されていた。俺が呼ばれて出ていく前に、もしも払わなかったら家や会社に押しかけるぞと脅されて自棄《やけ》になっていた。

動けない俺が連れて行かれたのは、モグリの医者のところだった。お世辞にも衛生的とは言えない場所で俺は感染症にかかり、治ったころには、体重が十五キロ近く落ちていた。感染症の後遺症なのか片脚がしびれ、歩く時に引きずるようになった。

だがその時は、これで人相も特徴も変わって逃げやすくなったと思ったのだから、何ともおめでたい。

泪橋《なみだばし》の簡易宿泊所が見えて来た。蚕の棚みたいな三段ベッドに素泊まりで一泊九〇〇円。高いのか安いのかよくわからない。だがとにかく今週は現場の仕事があって寝るところもある。そのことに感謝すべきだろう。

宿泊所の玄関の脇には、丸い小さな鏡がかかっている。その前を横切る時に、自分の顔が見えた。まだ三十二歳なのに、老人のように変わり果てた俺の顔――。

だがこんなに変わっても、見る人が見れば、どこかに特徴というのは残っているらしい。昨日現場で煙草《たばこ》休憩していた時に、通行人にいきなり話しかけられたのには驚いた。つまりナイフで刺されたり感染症で苦しんだりしたのは、全くの無駄だったわけである。

「繁晃《しげあき》じゃね？」

俺は弾《はじ》かれるように声の主の顔を見た。いい加減警察も、八年も前の事件をもう追ってはいないだろうと、このところ少し油断していたことは事実だった。

男の顔には見憶えがあった。

警察ではないとわかって吻《ほ》っとした次の瞬間、憶い出した。学部は違うが同じ大学で、共通の友人繋《つな》がりで一度だけセッションをやったことのある男だった。その時は確かコントラバスを弾いていた。

「やっぱり繁晃だ。いま何してんの」

「見りゃわかるだろう。日雇い労働者だよ」

俺はぶっきら棒に答えた。

「そうなのか」

男は遠慮したのか、それ以上詳しい事情は訊いて来なかった。

沈黙が流れた。だが男はなおもその場に佇《たたず》んでいる。何なんだこいつ。何も用がないなら、さっさとどこかへ行けばいいのに――。

「じゃあな」

俺は煙草を地面で揉《も》み消すと立ち上がって、作業服のズボンの後ろをはたいた。

すると男は意を決したように口を開いたが、出て来たのは笑っちゃうくらい場違いな台詞《せりふ》だった。

「なあ、来週ジャズライブをやるんだけどさ。アマチュアにしては割と人気がある方で、ワンドリンク付き一五〇〇円なんだけど結構チケットも売れていて」

「はあ？　行かねえよ、そんなもん」

俺は吐き捨てるように答えた。自慢話ならよそでやれよ。こんな日雇い労働者に残ったチケットを売りつけようというのか？　少しは相手を見てものを言え——。

だが男は手を顔の前で勢いよく左右に動かした。

「違う違う。実はサキソフォン担当の奴《やつ》が、急性腹膜《ふくまく》炎とやらにかかって入院しちゃったんだよ」

サキソフォンという言葉を聞くこと自体、久しぶりだった。自分の背中がぴくりと動いたのがわかった。

「どうだ、一緒にやらないか」

俺は苦笑した。

「何を言ってるんだ。俺はもう何年もサキソフォンは触ってねえよ」

正確には八年だ——。

「そんなのお前の腕ならば、ちょこっとやれば憶い出すだろ」

「無理だよ。そもそも楽器を持ってない」

この格好を見て察しろというものだ。楽器なんか買う金があったら、食い物を買うに決まってるだろ。

だがコントラバス弾きは執拗《しつよう》だった。

「じゃあさ、楽器はこちらで何とか手配するからさ。それでいいか？」

「勝手に決めんなよ」

その時、現場監督が俺を呼ぶ声がした。おい、いつまで休憩してんだ。

「じゃあな」

俺は歩き出した。

だが男は小走りで追いかけて来て言った。

「じゃあさ、せめて連絡先だけでも教えてくれよ」

「連絡先？」

俺は歩き続けながらせせら笑った。

「そんなものはねえよ」

すると俺の目の前に、一枚の小さな紙片が差し出された。奴は速足で並んで歩きながら、それを無理やり俺の手に握らせた。

「じゃ、じゃあこれ俺の名刺。電話くれ、必ず。俺はこれまでいろんな奴とセッションしたけど、お前のサキソフォンの音色が一番好きだったんだよ」

そう言えば、あの名刺はどうしたんだっけ。作業服のポケットに突っ込んだことは憶えているが、その後どうしたっけ。もちろん電話などするつもりは毛頭ないが——。

受付の横には狭いロビーがあって、源《げん》じいさんがいつも備え付けの小さなテレビを見ている。源じいさんはリアカーでのクズ鉄拾いを生業《なりわい》にしている。腰が悪くて、ヨロヨロとしかリアカーを引けない癖に、クズ鉄が落ちていそうな場所を見つけるのは天下一品で、朝早く出掛けて行って、昼過ぎにはここの一泊分くらいの金を稼ぎ終えて、午後からはずっとテレビの前に座って過ごすのだ。チャンネルは常にＮＨＫ。誰かがチャンネルを変えようとすると、口から火でも吐くような勢いで怒り出す。

狭いロビーには円いスツールが一個しかない。源じいさんの隣には悠《ゆう》さんが立って画面を眺めていた。

悠さんは四〇前後の働き者で、ときどき同じ現場になることがあるのだが、一人で軽く三人分くらいは働くので、どこの現場でも一目置かれている。前に何をしていた人なのか知らないが、悠さんとコンビになった日は仕事がものすごく楽だ。悠さんはニュースを見るのが好きだから、今の番組が終わって夕方のニュースが始まるのを待っているのだろう。

その画面にいま映っているのは、青々とした畳だ。画面の上には小さく白い字で、全日本学生柔道選手権とある。

道着姿の一人の選手と、マイクを持ったアナウンサーが映った。朴訥《ぼくとつ》とした、しかし芯《しん》の強そうな若者だ。

「放送席放送席。中量級で見事優勝しました、栂瀬《とがせ》孝之選手です。おめでとうございます」

「ありがとうございます」

何だ、試合は終わっちまったのか。柔道だったら俺も少し心得があるから、これから決勝戦とかだったら、悠さんの隣に立って、ちょこっと見てやろうかとも思ったのだが。

「決勝で対戦した鈴木《すずき》晋太郎選手は、奇《く》しくもかつて同じ高校でチームメイトだったようですが、試合をしてみてどうでしたか」

「強くなっていたのでおどろきました」

俺はそのまま素通りして奥へ行きかけた。

「でも最後は、見事な一本勝ちでしたね」

「良いタイミングで決まってくれました」

「すごかったよ、この選手の技の切れ」

悠さんが俺に顔を向けて言った。

「へえ」

俺は足を止めた。

そう言えば悠さんも恐らく柔道経験者だと思われる。それも相当強い。それについて話題にしたことはない――そもそも悠さんは自分の過去については一切喋《しゃべ》らない――が、身のこなし等でわかる。

　俺は振り返って画面の中の選手の顔を見た。

　逆三角形の精悍《せいかん》な顔立ちだが、どこか懐かしさを覚える顔である。だがもちろん全くの見ず知らずの男だ。そもそも今の大学生くらいの年齢の奴に、知り合いなんか一人もいない。

「栂瀬選手は現在大学二年生とのことですが。次の目標は何ですか」

「今年は団体は一回戦負けしてしまったので、部員みんなで練習して、来年は団体戦で一勝したいです」

　おかしな奴だ。個人戦で優勝しておいて、次の目標が団体戦の一勝とは。普通に個人戦二連覇を目標にしろよ。あるいはもっと上の、世界選手権とかオリンピック代表とか――。

　インタビューアもちょっと当てが外れたような顔で、ステレオタイプな質問でインタビューを締めくくった。

「それでは最後に、今日の優勝を誰に伝えたいですか?」

　テレビの中の大学二年生は、少し言い澱《よど》んでから、やがて意を決したようにこちらを見つめて言った。

「両親に。そしてどこかで見ているかも知れないシゲさんに」

十年後

電話が鳴った。何故かと訊かれても答えられないが、何となく嫌な予感を覚えながら俺は受話器を取った。

その予感は当たった。受話器から流れて来たのは、少し嗄《しわが》れた低い男の声だった。

「おたくの息子を預かっている。返して欲しければ、12万8千円用意しろ！」

「何だ、その半端《はんぱ》な数字は」

「うるさい。早く用意しろ。用意しないと、お前の息子がどうなっても知らないぞ」

「また競馬で借金したのか馬鹿野郎！　やるなとは言わないから、せめて年金の範囲でやれ、おやじ、いや元おやじ！」

「くそっ。ばれたか」

「当たり前だろ！　訛《なま》りが思い切り残っているんだから、ばれるに決まってるだろうが」

「うーむ」

「うーむじゃねえ！　それにそもそも自分の孫だろ、それ。息子から金をせびるのに孫をダシに使うな。せびるなら、もっと堂々とやれ！」

「ぐぬぬ」

「で、圭太《けいた》は着いたんだね」

「ああ。無事着いた。お前の息子を預かっている」

「じゃあ頼んだよ、父《とう》さん。全く、圭太が父さんのところを気に入るとは予想外だったよ」

「ああ、任せておけ。お前もたまには顔を見せろよ。さもないと、お前の息子がどうなっても知らないぞ」

「一体どうなるんだよ」

「俺に性格が似ちゃっても知らないぞ」

「うーん、それだけは勘弁」

解説

池上冬樹

いささか私事で恐縮だが、深水黎一郎氏から本書の話を聞いたのは、昨年（二〇一六年）の十一月のことだった。山形市でトークイベント「やまがたは何故〝作家王国〟となったか？」が開かれ、僕と深水黎一郎氏と黒木あるじ氏の三人で話をしたのである。自称作家ではなく、大手出版社の仕事をこなすプロ作家が山形県内に十数人いて、さらに県外在住の出身作家をカウントしたら、かるく二十人は超える。かつては県内に在住する作家が少なかったけれど、丸谷才一、井上ひさし、藤沢周平など名だたる作家を多数輩出していて（短詩型では歌人の斎藤茂吉、俳人の鷹羽狩行《たかはしゆぎよう》、詩人の吉野弘など多数）、いまではもう作家の人口密度では、日本でいちばんだろうと思う。

深水黎一郎氏も山形県出身であり、しかも僕と同じ山形市生まれということもあり、親近感を抱き、何かの機会があればお会いしたいと思っていた。怪談作家の黒木あるじ氏とともに県民性から文学性まで多岐にわたる話をしたけれど、何をふっても深い教養からの鋭い分析力で滔々《とうとう》と語り、この人は小説のみならず座談でも名手かと思った。

そのときに新作の話を聞いたのだが、次回作は、山形の高校生を主人公にした柔道小説というから驚いた。しかも出身の山形県立東高校（山形一の進学校である）を舞台にしているというから、なおさら驚いた。でも一方で、正直なところ、頭のいいお坊ちゃんたちを主人公にした柔道小説といわれても、どういう物語になるんだ？　と思ったものだ。

しかし本書を読んで納得した。なるほど、こういう形の小説になるのかと感心した。

まず、第一章「天の川の預かりもの」は、小学生の〝僕〟がチンドン屋のあとをついていく場面から始まる。チンドン屋のあとをつけるのは難しく、どこまでもついていくと仲間から尊敬の目で見られるから、僕はがんばってついていく。そしてチンドン屋の人たちに声をかけられ、はりつめた人間関係をのぞくことになる。

第二章「ひょうろぎ野郎とめろず犬」では、小学生の〝僕〟が洋館の近くのゴミ捨て場の電柱につながれている白い仔犬《こいぬ》を発見して、親の反対にあいながらも家で飼うことにする。損得勘定に敏感で何とか仔犬を処分しようとする両親の思惑と戦いながら、仔犬（ツンコ）と仲を深めていく話である。

第三章「鎧袖一触《がいしゅういっしょく》の春」は、高校の柔道部に所属する〝僕〟の悪戦苦闘の物語だ。卒業して何年もたつのに、高校に遊びにきては絞め技で〝落とす〟ことに喜びを感じたり、指導のルールを無視して高校生を倒すことに夢中になったりするOBたちのいじめにあいながら、いかにして自分たちの柔道を磨いていくのかというスポーツ根性物語の要素もある。

とくにスポーツでの成績を優先する強豪の私立のN大付属高校柔道部との死闘も語られて、

いやあ、なかなか面白い。

ただ、それでも三章まで読んで、残すところエピローグだけとなった段階で、深水黎一郎のファンは疑問に思うだろう。あれ？　青春小説で終わり？　ミステリではないの？　そう思うのではないか。僕はそう思った。しかし安心してほしい。エピローグでしっかりと物語全体の構成が明らかになり、それまで読んでいたものが別のものに見えてくる。意外な人間関係がわかり、さりげなく形を変えて、焦点をずらして、青春ストーリーの裏側をみせてくれるからだ。

というと、深水黎一郎ファンなら、昨年発表された『倒叙の四季　破られたトリック』（講談社ノベルス）を思い出すかもしれない。倒叙形式の短篇を四つ並べたあとに、「エピローグ」があり、さらに「もうひとつエピローグ」をおいて、見事に二転三転させてくれたからである。この手のどんでん返しは、作者の得意技で、『大癋見《おおべしみ》警部の事件簿』（光文社文庫）所収の短篇「青森キリストの墓殺人事件」でも結末のパターンを変えてきて、腹一杯になるまで楽しませてくれた。

ちなみに本書の舞台は、山形のヤの字も出てこないものの、山形である。語られる方言はみな山形の内陸弁だし（藤沢周平でおなじみの海沿いの庄内地方の方言とは異なり、基本的にズーズー弁）、七日町だの、マルジュウ醬油だの、第二の斎藤茂吉だのと山形人ならニヤリとする地名や固有名詞もさりげなく出てくる。作者の山形愛は過去にもあらわれていて、『倒叙の四季　破られたトリック』の四篇目の「冬は氷密室で中毒殺　雪の降りたるは言ふべきにもあらず」は山形の蔵王を舞台にして、樹氷がトリック解明の手がかりになっていたし（きちんとその地方ならではのトリックを考えるところが深水黎一郎らしい）、本書のように、普通小説のように見せて、謎含《なぞぶく》みのミステリとして形をあらわす『美人薄命』（双葉文庫）の準主役のおばあさんも、県名こそ出てこないけれど、語られる方言は明らかに山形の内陸弁だった。

もちろんそのような地方色は、他県民にとっては意味をもたない。大事なのは、語られるべき事件や舞台がどのくらい普遍性をもち、なおかつ劇的であるかであるけれど、その点、本書の場合、とりわけ第三章がスポーツ青春小説として優れている。

まず、柔道未経験者が柔道に抱いている誤解を次々に解いていく。柔道が国際化してJUDOとなり、一本よりも有効を重視するようになった程度にしか考えていなかったが、〝寝技・絞め技・関節技などをどんどん切り捨てる方向へと向かって行き、その結果現在の、海外で〈道着をつけて行うレスリング〉と呼ばれるような競技に成り下がってしまった〟〝古式柔術の末裔《まつえい》としての本来の柔道は、れっきとした総合格闘技なのだ。それも極めて実戦向きな〟と魅力を語り、さらに深く実戦向きであることを語るあたり、読み耽《ふけ》ってしまう。〝捨身技〟の奥の深さも興味深いし、柔道でよくいわれる「柔よく剛を制す」という言葉が間違いであり、体重が重いほうが強いことも具体的に教えてくれる。

しかし、進学校の柔道部の〝僕〟らが闘うのは、巨漢揃《ぞろ》いの名門N大付属高である。「柔よく剛を制す」が間違いなら一体どうすれば勝てるというのかとなるが、これがもう考えぬかれている。頭で考えても体がついていかなければ無理な話だし、そもそも巨漢を打ち負かすだけの体力がない以上、どうすることもできないと思われるのだが、人には慢心があり、癖があり、時の流れや勢いというものも馬鹿にできなくて、そこに冷静な観察と計算がともなえば、負け試合と思えたものが意外や意外となる場合もある。そのことを作者は喜劇的なアクションやユーモアに富む会話を通して見せていくからたまらない。ヒーローが観察と意志と根性で世界を変えていくのである。もちろん決して自分たちの満足のいく結果にはならないという現実もある。でも、「ヒーローが武器を振り回し巧みに敵を倒す姿は痛快だが、究極的に重要なのはヒーローが手に持っている武器ではない。ヒーローが心にもっているパワーなのだ」（ハワード・スーバー著『パワー・オブ・フィルム 名画の法則』キネマ旬報社所収「Weapons（武器）」より）という言葉があるように、少年とはいえ、心にもっているパワーを中心にすえて、立ちふさがる壁を崩していく。

個人的には、本書がもう少し長くてもいいと思った。もう少し長くて、厚みのある小説を読みたい。たとえば半村良の『どぶどろ』、それに影響を受けた宮部みゆきの『ぼんくら』のように、いくつかの短篇のあとに長篇を並べて、よりいちだんと奥行きの深い小説に仕立てたら、どんな作品になっていただろうと思ったりもした。だがそれは、いずれ別の形で書いてくれるだろう。

いうまでもないことだが、深水黎一郎はクラシック音楽をテーマにした本格ミステリから爆笑を誘う本格パロディ、言語実験の小説から本書のような柔道小説まで、シリアスから脱力したユーモアまで、いくらでも書ける才能の持ち主である。冒頭でふれた山形出身の作家でいうなら、亡くなった丸谷才一はともかく、現役では奥泉光や阿部和重もいる。

文学的・音楽的・映画的知識および記憶を刺激する作家たちで、純文学からパルプ・ノワールの傑作まで幅広い。深水黎一郎もまた、その優れた異能と比べても遜色《そんしょく》のない作家であり、今後の活躍に大いに期待したいと思う。

（いけがみ・ふゆき／文芸評論家）

本書は書き下ろし作品です。

Haruki Bunko
ハルキ文庫

ふ 10-1

少《しょう》年《ねん》時《じ》代《だい》

著者　深《ふか》水《み》黎《れい》一郎《いちろう》

2017年3月18日第一刷発行

発行者　角川春樹

発行所　株式会社角川春樹事務所
〒102-0074 東京都千代田区九段南2-1-30 イタリア文化会館

電話　03（3263）5247（編集）
03（3263）5881（営業）

印刷・製本　中央精版印刷株式会社

フォーマット・デザイン　芦澤泰偉
表紙イラストレーション　門坂 流

ISBN978-4-7584-4077-6 C0193 ©2017 Reiichiro Fukami Printed in Japan
http://www.kadokawaharuki.co.jp/［営業］
fanmail@kadokawaharuki.co.jp［編集］　ご意見・ご感想をお寄せください。